DAGEN EFTER

DAGEN EFTER

Bo Lenells

Tidigare utgivningar i denna serie:
Aktion fritagning (1998)
Sista ordet (2007)
För en tid som denna (2012)
Nära gryningen (2014)

© Bo Lenells 2019
Förlag: BoD – Books on Demand, Stockholm, Sverige
Tryck: BoD – Books on Demand, Norderstedt, Tyskland
ISBN: 978-91-785-11242

Blir dina under kända i mörkret,

din rättfärdighet i glömskans land?

Jag ropar till dig, Herre,

om morgonen stiger min bön till dig.

Varför stöter du bort mig, Herre,

och döljer ditt ansikte för mig?

...

Du har drivit bort mina vänner och fränder,

mina förtrogna tar du ifrån mig.

Ur Psaltaren 88
(En dikt av Heman, en vis man vid Salomos hov)

Detta har hänt:

Så kom den till slut – gryningen till den nya dagen. Den var förutsagd, och den var väntad av många. Ännu fler förnekade den in i det sista. Men den kom. Och när den väl var ett faktum kunde ingen undgå att se vad som hände. Många blev chockade och bestörta när de överraskades av ett bländande ljus som uppfyllde allt. Det var ett övernaturligt och skrämmande sken. Det fanns mycket i människornas liv och hjärtan som inte tålde det avslöjande ljuset. Men det fanns ingenstans att gömma sig. Det skyddande mörkret fanns inte längre.

Men miljoner och åter miljoner andra hälsade gryningen med jubel. De omfamnades av dess ljus. De kände dess helande och befriande kraft. Och de visste vem det var som trädde fram i detta ljus.*)

---

*) Från avslutningen av min bok *Nära gryningen* (utkom 2014 på GML förlag). *Dagen efter* är en fristående fortsättning.

Prolog

Ett intensivt, överjordiskt ljus överrumplade världen under ett par skräckfyllda, evighetslånga minuter. Det utplånade alla skuggor och trängde in i alla prång och skrymslen. Ingen levande varelse kom undan, alla drabbades av denna chockvåg av ljus. Det var som en kärnvapenexplosion, fast med global räckvidd. Lika plötsligt som det kom, lika hastigt var det borta. Det var ingen atombomb. Det lämnade inga spår efter sig, i alla fall inte materiellt eller fysiskt – förutom att solen tycktes ha tappat något av sin lyskraft.

Ett halvår senare var allt som vanligt igen. Det var i alla fall vad man intalade sig. En skymningsaktig halvdager hade lagt sig som ett grått filter över allt och alla, men de flesta hade vant sig. Det var det nya normala. Det var trist, tog livet av glädjen och gjorde luften kylig, men det var ändå betydligt behagligare än det hemska ljuset som tvingat sig på dem den där senvinterdagen.

Lättnaden när ljuset försvann var så stor att ingen ville klä det som hänt i ord. Så var det åtminstone i de nordiska länderna. Man undvek att tänka på det – men det levde kvar i drömmarna. I den obarmhärtiga natten spelades scenerna upp om och om igen. Och när man vaknade hjälpte det föga att spärra upp ögonen i vild panik för att slippa somna om och få sändningarna i repris. Scenerna förföljde sina offer in i vakenheten och tonade bort först när det reducerade dagsljuset återvänt.

Med tiden lyckades ändå vardagens rutiner och sysslor jaga undan de nattliga skräckbilderna och breda ut en glömskans provisoriska slöja över alltihop.

Men om någon skulle våga trotsa demonerna och ge ord åt det som utspelades i de nattliga, fasansfulla drömmarna, vad skulle han eller hon då berätta om?

9

Först och främst: närvaron. Osynlig och egentligen omöjlig att beskriva, och ändå så påtaglig. Närvaron av något (eller någon) som man under hela sitt liv förnekat. Den gick varken att förklara, ignorera eller fly ifrån. Det mest skrämmande var att den på något sätt fick ett erkännande djupt där inne i själen. Som att den gjorde anspråk på äganderätt i ens eget inre.

Närvaron kom med dom. Den fick folk att känna det som om man spelat bort sitt sista kort och frånsagt sig enda möjligheten till frid. Förspillt sin sista chans.

Sen var det frånvaron. Den var desto lättare att sätta ord på. Folk var bara spårlöst försvunna! Vänner, arbetskamrater, grannar, familjemedlemmar. Och en massa barn! Ena sekunden hade de funnits där i ens närhet, i nästa sekund fanns bara ett ekande, livlöst tomrum kvar.

Det fanns också en tredje bild som framkallades om och om igen där i drömmarnas värld. Den var diffus men för den skull inte mindre hotfull. Bäst kunde den beskrivas som en gigantisk tumskruv som långsamt men obevekligt drogs åt kring en allt mörkare jord. Det var en förfärande syn som ackompanjerades av ett isande kallt ljud, som nästan lät som en röst: tiden håller på att rinna ut, domens dag är nära. Än finns det räddning, men priset är högt. Mycket högt.

Så mässades det i dessa skräckfyllda nätter.

Det fanns de – och de blev snabbt allt fler – som lyckades tränga undan allt detta och nästan leva som vanligt. Och de blev framgångsrika i det. Men de tvingades hela tiden vara på sin vakt mot allt som hotade den tillkämpade instabila friden.

Det fanns en annan verklighet också. En verklighet som ingen av dem som stretade vidare på jorden efter den stora katastrofen kän-de till. Det var sanningen om vad som hade hänt alla dem som hade lämnat tomrum efter sig i den plågade världen.

För dem hade ljuset varit allt annat än fasansfullt.

DEL 1

*"De må vända sig upp mot höjden
eller se ut över jorden,
överallt råder nöd och mörker,
en ångestens natt,
töcken utan någon ljusning"*

(Jesaja 8:21-22)

1

Johan Linder satt vid köksbordet med sin vanliga frukosttallrik framför sig. Fil, mysli och bananskivor. Det var första semesterdagen, men någon sovmorgon hade det inte blivit. Ansvaret som butiksföreståndare på en av Göteborgs största bokhandlar förföljde honom också på fritiden och väckte honom på morgonen samma tid som vanligt.

Det var också oron han tagit med sig hem från jobbet. Oron för hur bokhandeln skulle kunna överleva nu när bokläsandet blivit något man gör digitalt, i den mån folk över huvud taget läste böcker numera. Tack vare att ägaren till den bokhandel där Johan arbetade vågat satsa på att marknadsföra utgivningen av e-böcker hade man ändå fått verksamheten att gå runt någorlunda. Men hur länge till?

Nu väntade han bara otåligt på dagstidningen som tydligen var försenad denna morgon. Han måste få sysselsätta sina tankar med något annat, vad som helst från världen utanför honom själv. När han inte kunde ge sin fulla uppmärksamhet till saker omkring honom tog kaoset inom honom över.

Han var en av dem som envist hållit fast vid sin prenumeration på papperstidningen, trots att det mesta av nyhetsförmedlandet och informationsspridningen numera skedde digitalt. Han hade märkt att hans kära dagstidning hade blivit torftigare i sitt utbud, att det ofta var språkfel, att antalet annonser hade störtdykt, att distribueringen allt oftare hade fallerat. Och att prenumerationsavgiften hade stigit.

Ändå hade han fortsatt. Att sluta med papperstidningen skulle innebära en eftergift till den förändringshysteri som präglade allt och

13

alla, och det skulle han inte stå ut med. Det var bara genom att stenhårt hålla på rutinerna som han orkade leva vidare efter det där som hände ett halvår tidigare. Det fanns en orsak till. Hans dotter hade varit redaktör på lokaltidningen. Och hon hade alltid jobbat på "papperssidan". Gjort reportage som hon sedan redigerat med rubriker och brödtext och monterat in på tidningssidorna. Det var den tryckta versionen av tidningen hon jobbat med.

Nu stod hennes plats tom på redaktionen. Och lika tom var hennes plats här i den fina villan i göteborgsförorten Askim. Att överge papperstidningen skulle kännas som att han svek henne. Att han accepterade hennes försvinnande.

Jenny, dottern alltså, hade inte varit den enda i huset som helt oförklarligt bara lämnat sin plats i världen och försvunnit. Hennes mor, Johans fru Agneta, var också borta. I nästan trettio år hade Johan och hon delat allt, vardag och fest, sorg och lycka, framgång och misslyckanden. Allt utom Agnetas tro. Den hade hon i stället delat med Jenny.

Och nu var de båda försvunna. Hade det något med deras tro att göra? Hur många gånger under dessa tunga vårmånader hade han inte ställt den frågan! Den oroade honom långt mer än att papperstidningens tid snart kunde vara över.

Han saknade dem så förtvivlat! Att världen blivit mörkare, hårdare och kallare efter den där spektakulära händelsen ett halvår tidigare hade naturligtvis påverkat honom. Men det var ändå oviktigt i jämförelse med att Agneta och Jenny hade lämnat honom – eller tagits ifrån honom. Inte ett spår hade de lämnat efter sig. De hade bara stuckit, eller kidnappats. Med okänd destination.

Det fanns ingen tröst att få, ingenting kunde lindra förlusten i hans liv. Det hjälpte inte att det var en förlust han delade med många andra. Ingen pratade om det som hänt, det var tabu, man hade lagt locket på. Antagligen därför att ingen kunde förklara det som hänt.

Eller var det för att man innerst inne förstod att man missat något viktigt i livet, tänkte Johan. Kanske var det själva målet med tillvaron man missat på grund av att man vägrat se sanningen om vad människans liv på jorden handlade om. Det var något man var alltför stolt för att erkänna för varandra, och då återstod bara tystnaden. Man stängde in ångesten inom sig. Ingen fick se att man var svag och fruktansvärt rädd.

Det som var mest förvirrande var att både myndigheter och media hanterade det som hände den där dagen på sämsta möjliga sätt. Det som borde vara det enda förbjudna att göra i en samhällskris av en sådan dignitet var precis det man hade valt att göra: ingenting. Ingen rubrik i dagspressen. Inget extrainsatt nyhetsprogram i teve. Inget inkallande av krisgrupper för att diskutera åtgärdsprogram. Inga försök av ansvariga politiker att informera om eller varna för följderna av det som hänt.

Ingen förklaring hade heller getts till det reducerade dagsljuset med ett kallare klimat som följd. Eller vad som behövde göras för att anpassa sig till det. Fast det är klart, var finns den myndighet som ens vågar sig på en gissning …

Inte heller gavs det offentlighet åt de otaliga tragiska olycksfallen som inträffade i kölvattnet av den bisarra händelsen. Varken media eller myndigheter vågade ens knysta om detta globala trauma. Till och med det på svenska breddgrader ovanligt kraftiga jordskalv som skakade marken samtidigt med det förlamande ljusskenet behandlades som en icke-nyhet.

Alla visste att något fruktansvärt och ödesdigert hade inträffat. Men ingen så mycket som andades om det.

Alla ville desperat få en förklaring, men ingen gjorde något för att finna den. Alla sökte efter anhöriga som helt plötsligt inte fanns längre, men alla gjorde det helt på egen hand, utan att prata med någon av alla de andra som också letade. Ingen sökte stöd hos någon annan.

Det var som om hela samhället hade kollapsat. Ändå fortsatte livet, eftersom det inte fanns något alternativ.

*

15

Johan reste sig från bordet, ställde den renskrapade tallriken på diskbänken och tog sikte på badrummet. I väntan på tidningen kanske tandborsten och rakhyveln kunde hjälpa honom att få någon stadga i den inre förvirringen. Rutiner var vad han behövde just nu, hur simpla de än var.

Tandborstningen gick bra, då behövde han inte titta i spegeln. Men när det var dags för rakningen tvingades han se sig själv i ansiktet. Han såg en 52 år gammal man titta tillbaka på honom, hyfsat attraktiv, med en bestämd haka och en hög panna. Så långt såg det ju bra ut. Det täta, mörka hårsvallet hade blivit alltför långt och alltför tjockt, men det skulle hans gamla frisör få rätsida på. Den något böjda näsan var svårare att göra något åt. Den här gången upptäckte han också ett antal nya grå hårstrån vid tinningarna, och de där små rynkorna i mungiporna var också nya. Det var inte bra, men det var heller inte något att förvånas över efter de sista månadernas turbulens.

Mer skrämmande var det han såg i blicken han mötte där i spegeln. Den vittnade tydligt om den oro, förvirring och stress som tagit herraväldet över hans inre människa.

Det var den nye Johan Linder som stirrade mot honom i badrumsspegeln. Och han gillade inte det han såg.

Han ryckte till när han hörde locket till brevlådan smälla till. Äntligen!

16

2

Det hade tagit två veckor för Johan att få livet att återvända efter katastrofen den där dagen. Eller det som nu var kvar av livet. Efter de två första kaosfyllda veckorna hade han hämtat sig tillräckligt för att orka ta sig till jobbet igen och få vardagen hjälpligt på plats. Hur andra hade klarat det, kollegerna, grannarna, vännerna, visste han inte eftersom ingen pratade om det. För honom själv hade de första fjorton dagarna varit som en enda lång fasansfull mardröm.

När han till slut lyckats ta sig upp till ytan igen och samlat tillräckligt med kraft och beslutsamhet för att gå vidare, så var det ändå inte någon normal vardag han återvände till. Allt var annorlunda, men absolut inte i positiv mening. Färgen på dagarna var grå. Människors ansikten var slutna, blickarna ostadiga. Men han brydde sig inte. De båda kvinnorna i hans liv fanns inte längre, det var det enda han brydde sig om. Saknaden var som frätande syra inom honom. Den trängde in i varje fiber av hans kropp. Det var bara arbetet som kunde ge honom lindring. Och därför lät han arbetet ta över livet.

Han åt sin lunch på samma kvarterskrog som blivit hans favoritställe genom åren. Tidigare hade han alltid åkt hem efter stängningsdags och ätit middag med hustrun, men nu stannade han kvar i stan så länge han kunde. Hemma väntade bara den ekande tomheten på honom, och nätterna i bäddsoffan (han kunde inte förmå sig till att sova i dubbelsängen mer) gjorde han så korta som möjligt.

På det sättet hade han tagit sig igenom de kalla vårmånaderna, och nu satt han här vid köksbordet den andra dagen på semestern och hörde brevlådelocket slå igen.

Det var inte bara saknaden efter hustrun och dottern och den ekande tomheten de lämnat efter sig som plågade honom. Han kämpade också med känslor av skuld. Han hade svikit dem. Minnesbilderna av det som hänt strax före jul, den jul som alltså blev den sista de hade tillsammans, var alltför tydliga. Och nu när semestern hade stängt möjligheten för honom att hålla minnena ifrån sig genom att arbeta hårt, så trängde de sig på honom, skoningslöst och naket.

Att läsa dagstidningen spalt efter spalt och sida efter sida hade varit ett sätt att hålla det där plågsamma borta. Men den här dagen unnade inte ens tidningen honom en stunds distraktion. Tvärtom hjälpte rubriken på förstasidan till att än en gång frammana bilderna av det där som hände strax före jul, bilder som han gjort allt för att radera ut ur sitt huvud.

JÄTTEDEMONSTRATION I CENTRALA GÖTEBORG
Kyrkorna anklagas för katastrofen i våras

Reportern imponerades av att femtio tusen göteborgare hade slutit upp vid Götaplatsen, mitt i semestertider. Kanske såg han också i denna manifestation en nyckel till det hemliga rum där allt från denna globala härdsmälta hade stoppats undan. Nu kunde man äntligen få hål på den förlamande tystnadskultur som omgett den i nästan ett halvår.

Men Johan imponerades inte. Gårdagens massmöte var säkert ett riktigt scoop för lokalpressen. Men för egen del gick hans känslor i en helt annan riktning. Tidningsrubriken manade obevekligt fram bilden inom honom av en avsevärt mindre demonstration med ett tusental deltagare. På samma plats, med ett liknande budskap, men sju månader tidigare. Han hade själv varit där den dagen. Det hade varit söndag – kyrkornas heliga dag. Det hade varit alldeles före jul – en av kyrkans viktigaste högtider. Och det var just kyrkan man var ute efter den gången också.

Han hade faktiskt själv velat hålla i ett av plakaten med slagorden mot kyrkan, han hade också velat skrika ut att motståndet måste fortsätta och bli starkare. Men tankarna på Agneta och Jenny hade hållit honom tillbaka. De skulle få det svårt nu, det förstod han.

Men så hade händelserna tagit en vändning som han absolut inte hade tänkt sig. (Nu blev minnesbilderna plågsamt tydliga för hans inre ögon.) Både i Göteborg och på flera andra platser i landet, där liknande demonstrationer hade ägt rum den dagen, hade saker och ting gått helt snett. Krafter hade tagit över som förvandlade en fredlig – om än ilsken – demonstration till våldsamma attacker.

Han kämpade för att bli kvitt minnena. Han ville inte bli påmind om det som hänt i kölvattnet av den där söndagen i julveckan. Han bläddrade snabbt vidare i tidningen, försökte låtsas som att han aldrig hade läst den där rubriken på förstasidan. Han jagade andra rubriker och andra artiklar på insidorna som kunde mota bort de mörka minnena. Han läste om forskningsrapporten som visade att det reducerade solljuset efter katastrofen i våras inte tycktes ha hejdat den globala uppvärmningen. I stället hade glaciärerna fortsatt att smälta i skrämmande hastighet, särskilt i Himalaya och vid Syd- och Nordpolen, havsnivån fortsatte hela tiden att stiga och skulle inom en snar framtid hota Göteborgs innerstad. Han läste den alarmerande rapporten om smältande permafrost i Sibirien, Kanada och Arktis som redan börjat frigöra oerhörda mängder metan med enorma konsekvenser för växthuseffekten. Han läste analysen av de allmänna val som hållits runt om i Europa, som tydligt vittnade om den våg av nationalism som sköljde över kontinenten. Och han läste om den väldiga massan av flyktingar som desperat försökte storma de murar som både fysiskt och politiskt byggts runt hela Europa.

Men varken dessa upprörande artiklar eller något annat på tidningssidorna hjälpte honom att utplåna förstasidans rubrik. Sportsidorna, som han annars brukade granska under lupp, kändes likgiltiga den här dagen. Ingenting i dagens tidning kom till hans undsättning.

Hans käraste vän, den dagliga tidningen, svek honom.

Han blundade och tryckte sina knutna händer mot bakhuvudet, men det kändes som om han satt i en biosalong och såg siffrorna därframme på duken räkna ned till starten av den film som han visste

19

skulle rulla igång och som än en gång skulle berätta för honom om det som hänt. Han öppnade ögonen och flydde in på tidningssidorna igen, men filmen hann före: i stället för artiklar och bilder från nyhetsredaktioner världen runt tonade bildsekvenserna från den där söndagen före jul obevekligt fram i spalterna. Han kom inte undan.

Han försökte med en ny taktik. Han reste sig från köksbordet, gick nästan som i panik ut genom ytterdörren och tittade på gräsmattan som behövde klippas och på det lilla trädgårdslandet som verkligen var i behov av omvårdnad. Men det hade varit Agneta som haft de gröna fingrarna, inte han. Kanske skulle han ändå ta och rensa lite, kanske skulle det för en stund befria honom från de obarmhärtiga minnena.

Men filmen hade rullat igång inom honom och krävde hans uppmärksamhet. All initiativförmåga rann ur honom. Han gav upp, gick in i köket igen och satte sig vid bordet med tidningen framför sig.

Men han såg bara bildspelet i hans inre. Han hörde ljuden och kunde till och med känna lukterna. Det var som om han rent fysiskt var tillbaka där allt utspelade sig den gången, som om han erbjöds en möjlighet att ändra på händelseförloppet, att fatta andra beslut, göra det gjorda ogjort och rätta till det som gick fel. Men naturligtvis skulle det inte ske, det som hänt gick inte att ändra på.

Om han ändå slapp gå igenom det på nytt! Men han stod där igen, på Avenyn den där söndagen före jul. Han såg hur den storväxte mannen i 30-årsåldern, som nyss stått i talarstolen och agiterat, banade sig väg fram till ett par av sina medarbetare knappt två meter från den plats där han själv befann sig. Han uppfattade några ord som växlades mellan dem: de skulle inte nöja sig med att demonstrera och ropa slagord, de skulle gå från ord till handling. De hade en plan, och den skulle genomföras så snart demonstranterna hade skingrats.

Nu rusade filmbilderna genom Johans huvud i högt tempo, knivskarpa och med exakt precision. Den storväxte såg plötsligt Johan rakt i ögonen, tog ett par steg mot honom, satte pekfingret i bröstet på honom och sa:

– Du där, häng med oss. Och det är ingen fråga, det är en order.

Du ser tillräckligt oförarglig ut för att ge oss legitimitet för det vi tänker göra. Vi behöver din bil. För en sådan har du väl? Min bil är känd av polisen, så den duger inte.

I nästa sekvens stod de två medarbetarna tätt intill honom, han kände deras andedräkt i nacken och något spetsigt, hårt som pressades mot hans sida.

Bildrutorna i filmen som spelades upp inom honom gled snabbt förbi, och nu var han var inte någon betraktare längre, han befann sig i dem, inuti filmen. Han upplevde alltihop igen: bilfärden i den påfallande lugna göteborgstrafiken, i hans bil, med 30-åringen vid ratten och hans två medhjälpare, den ene i framsätet och den andre i baksätet bredvid Johan.

Medan mannen körde avslöjade han för Johan vad de planerade. En av kyrkorna var utvald, den låg i närheten av Heden och var egentligen inte en kyrkbyggnad i vanlig mening utan en lokal där man under veckorna hade konstutställningar. På söndagarna hyrdes den ut till den här församlingen. Det var där de skulle slå till. Visa sitt hat. Presentera sina hot. Få de dåraktiga kristna att darra av rädsla och att lämna kyrkan. Sen skulle de göra lokalen oanvändbar, i alla fall för kyrkliga aktiviteter.

Men först skulle de till Örgryte, till en adress där en tjej bodde, en ung kinesisk restauranganställd tjej som brukade gå till den där kyrkan vid Heden på söndagarna.

– Vi ska snällt be henne följa med oss till kyrkan, fortsatte han sin tirad och blinkade med ena ögat mot Johan i backspegeln. Då slår vi två flugor i en smäll. Vi skrämmer livet ur henne, eller åtminstone får vi de religiösa fantasierna ur henne. Och vi kommer att visa de där dåraktiga kyrkmänniskorna att det är en annan ordning som gäller i fortsättningen.

– Och själv heter jag Levander. Peter Levander. Lägg det namnet på minnet, gosse, det kommer att lysa ganska starkt på den svenska kändishimlen i framtiden, avslutade han.

Johan visste mycket väl vem den kinesiska tjejen var. Jing hette hon och var en god vän till Jenny, hans egen dotter. Och församling-

21

en där i närheten av Heden kände han också till. Det var ju dit hans fru och dotter gick på söndagarna.

Det var nu han förstod att han hade dragits in i något som han inte ville medverka i. Visserligen hade han själv inte så mycket till övers för den kristna tron och kyrkornas sätt att tackla verkligheten. Men det som nu var på väg att hända fanns det inget försvar för. Dessutom skulle hans egen familj kunna råka illa ut. Han borde göra något för att avstyra det. Han borde hindra dessa tre män att ta lagen i egna händer och begå handlingar som skulle störta oskyldiga människor i olycka! Vem om inte han skulle göra det?

Men filmen bara rullade på.

De tre männen i hans bil hade skaffat förstärkning av likasinnade, så det var tre bilar som bromsade in vid Jings adress. En halvtimme senare var de på väg tillbaka mot centrum, mot Heden, med sin gisslan. Inte heller när de tog sig in i lokalen, där ett par hundra människor var samlade för att fira gudstjänst, hade Johan vågat protestera. Han hade inte lagt två strån i kors för att sätta stopp för dessa olagligheter.

Fast ... vad hade han kunnat göra? Johan försökte försvara sig mot minnesbildernas anklagelser. Men han visste att alla dessa som han nu såg framför sig, pastorn, Jing, den lille grabben som överraskat dem allihop med sitt mod, familjen som både Agneta och Jenny var så nära vänner med, alla hade visat prov på kurage, handlingskraft och integritet.

Han själv däremot hade inte haft något av detta. Hade deras moraliska styrka med deras tro att göra?

Från den dagen hade han burit på en ånger som han inte kunnat hantera på något bra sätt. Men mest var det skam han kände, skam inför sig själv – och inför sin fru och dotter och de andra där i kyrkan. Nu fanns ingen av dem kvar i denna värld av kyla och mörker och ångest.

Det som hände den där söndagen före jul var ingen tillfällighet. I stället blev det startpunkten på en händelsekedja som eskalerade och där saker och ting avlöste varandra i snabb takt. Och alltsammans blev till inspelade filmer i Johans minne.

Hans farhågor besannades: Agneta och Jenny fick betala ett högt pris för sin tro under denna tidsperiod. Precis som deras vänner. Precis som väldigt många andra runt om i landet. Samhället blev hastigt alltmer fientligt inställt mot allt som föll utanför det rationella förnuftets ramar. Med ett undantag: toleransen mot islam fortsatte att styra politiska överväganden och beslut. Medan kyrkklockorna tystades i kommun efter kommun ljöd böneutropen från moskéer på allt fler platser. I takt med att det statliga stödet till kyrkliga samfund ströps fick islamska intresseföreningar utökade subventioner.

Allmänheten applåderade de hårdare tagen mot kristendomen. Däremot höll de flesta inne med applåderna när politikerna gav fritt spelrum för islamsk kultur på svensk mark. Den svenska folksjälen tänkte fortsätta att odla sin sekulära image som inte bara tog avstånd från den kristna kyrkan utan betraktade varje religion, inklusive islam, som ett främmande inslag. Här gick alltså folket och dess företrädare i otakt med varandra.

Men hatet mot de kristna var politiskt korrekt, och det utnyttjades av en del till att begå rena handgripligheter. Polisen blundade, och i de sällsynta fall där övergreppen ledde till rättegång var risken för förövarna att bli dömda ytterst liten. Det blev mer eller mindre legitimt att uppmuntra till förföljelse av dem som förblev trogna mot kyrkan. Religionsfriheten tolkades ensidigt som frihet *från* religion, vilket i praktiken betydde att det blev fritt fram för diskriminering av allt som hade kristna förtecken.

Däremot var motviljan mot andra religioner mer tystlåten. Många vågade helt enkelt inte torgföra en uppfattning som stred mot kulturelitens och den politiska majoritetens ståndpunkt. Deras tystnad spelade den växande muslimska närvaron i landet i händerna, som naturligtvis inte var sen att göra gemensam sak med både politiker och vanligt folk i striden mot landets kristna.

Allt detta såg Johan hända. Han såg det ökade våldet, och även om Agneta och Jenny inte blev attackerade fysiskt så utsattes de vid flera tillfällen för hot och trakasserier. Han såg också en annan sak: Kyrkan tappade medlemmar i snabb takt, samtidigt som de som stod fast vid sin tro blev allt frimodigare och fasta i sin övertygelse. Och mer än så: på några platser fylldes kyrkorna av nya troende. Trots det var trenden tydlig: kristendomen tappade mark.

Lika tydligt var det att hatet och förföljelsen inte lyckades utplåna kyrkan helt. I stället blev resultatet en fördjupad, starkare och enad kristenhet.

Tanken kom till honom, att den där hemska dagen för ett halvår sedan, när världen exploderade av ett överjordiskt ljus, var ett rimligt svar på våldet och hatet mot de kristna. Himlen måste till slut reagera när djävulen knöt sin näve i raseri mot allt som var heligt.

3

Johan hade ingen aning om hur länge han suttit vid köksbordet med dagstidningen framför sig. Och han skulle inte kunnat redogöra för det som stod i tidningen om någon hade frågat honom. Vad var klockan? Vad var det för dag? Hur skulle han genomleva den här dagen? Varför fanns det semester egentligen?! Han reste sig obeslutsamt, kastade en blick på tidningen igen, såg rubriken på förstasidan och rev desperat sönder hela tidningen. Cigarettändaren låg på bänken intill spisen där han brukade lägga den. Efter tre försök fick han lågan att brinna och satte den till den ena sönderrivna sidan efter den andra och lät det bli en brasa i diskhon.

Men han visste, naturligtvis, att så lätt skulle han inte komma undan. Minnena skulle fortsätta att förfölja honom genom hela denna semesterdag.

Då knackade det på ytterdörren.

Utanför dörren stod en pojke och en flicka. De stod där, hand i hand. Flickan såg ut att vara i förskoleåldern, pojken ett par år äldre. Johan kände igen dem. Han visste att de var syskon och bodde på samma gata som han. Han hade stött på dem tillsammans med en kvinna sent en kväll i början av april när han kom hem efter en lång dag på jobbet. De hade stått en bit bort och tittat på honom när han klev ur bilen, som om det var honom de väntat på.

Först hade han inte brytt sig om dem utan gått fram till ytterdörren, låst upp och tänt i hallen. Innan han stängde dörren hade han tittat bort mot deras håll och sett att de stod kvar på samma ställe. De såg ut att vara dåligt klädda med tanke på kvällskylan. Han hade ta-

25

git några steg mot gatan och frågat dem om han kunde hjälpa dem på något sätt. Då hade kvinnan vänt sig bort och börjat gå därifrån med barnen på varsin sida.

Men plötsligt hade pojken slitit sig ur mammans grepp och sprungit tillbaka.

– Pappa är försvunnen, och mamma säger att han aldrig kommer tillbaka. Mamma bara gråter. Vi har nästan ingen mat och jag vill tillbaka till skolan, men det får jag inte för mamma.

Allt det där hade den lille grabben hävt ur sig innan kvinnan hunnit fram och tagit tag i honom. Hon hade hastigt sett Johan i ögonen och han hade läst förtvivlan och rädsla i hennes blick. Sedan hade hon snabbt vänt om, och alla tre hade försvunnit nedåt gatan.

Johan hade en bestämd känsla av att han sett kvinnan tidigare, han visste bara inte var.

Han hade låtit händelsen sjunka undan i bakgrunden. Han hade nog med sig själv och sina egna demoner. Bara en gång under de följande veckorna hade han sett dem igen, den gången utanför det hus längre ned på gatan där de bodde.

Nu hade det gått tre månader, och där stod de utanför hans dörr, i smutsiga t-shirts och lika smutsiga shorts, och såg på honom med stora, vädjande ögon.

– Nu har mamma också försvunnit. Fast bara upp på vinden. Hon har varit där i tre dagar tror jag, och vi är hungriga.

Johan såg på dem en lång stund. En del av honom ville bara be dem ge sig iväg, lämna honom ifred. Men sen tänkte han på de modiga människorna i kyrkan där på Heden den där söndagen före jul och den skam han känt över sin egen ynkliga feghet. De här båda barnen erbjöd honom faktiskt en chans att betala tillbaka, att gottgöra något av det han misslyckats med. Så att han kunde se sig själv i spegeln igen.

Men vad skulle han göra? Plötsligt fick han en underlig känsla av att Agneta och Jenny stod bakom honom i dörröppningen. Som för att utmana honom att låta godheten vinna för en gångs skull. Han var nära att vända sig om och fråga dem vad han skulle göra. I nästa

26

ögonblick ville han bara skaka av sig den bisarra känslan. Varenda dag hade han kämpat för att glömma, att städa bort det som hänt ur sitt liv, att förneka det faktum att de två som betytt mest i hans liv inte längre fanns till. Han hade desperat värjt sig mot misstanken att deras försvinnande kunde ha något med deras tro att göra och att de hade gjort det rätta valet.

För om det var sant, då var det lika förfärande sant att han dömt sig själv som förlorare. Och det fanns inget sätt att reparera det.

Det var förstås inbillning, det där med att Agneta och Jenny plötsligt dykt upp från ingenstans. Hans labila känsloliv hade spelat honom ett spratt. Men även om det var en fantasiprodukt hade de båda på något vis lyckats bryta sig in i den förnekelse han byggt upp i sitt hjärta. Var hans livslögn på väg att smulas sönder av en sanning som han under hela sitt liv visat ifrån sig?

Alla dessa tankar och känslor hade rusat genom hans huvud under bråkdelen av en sekund. Och det bara för att två små barn hade knackat på hans dörr.

De stod där och väntade på hans svar.

4

Johan kunde inte bli irriterad på dem. Men han blev förvånad. Fanns det alltså barn som inte försvunnit tillsammans med alla andra barn? Tydligen hade han varit så uppfylld av sin egen ensamhet att han inte förstått att världen inte var fullt så sjuk som han trott: en värld utan barn var dömd att dö. Riktigt så illa var det alltså inte.

Han måste ha sett, eller borde ha sett, att de fanns där! Kanske var det han själv som var sjuk. Här stod i alla fall två av dem livs levande framför honom. Betydde det att de var mindre goda, mindre oskyldiga än de som hade försvunnit? För det var ju just detta som de tycktes ha gemensamt, alla dessa som så oförklarligt hade lämnat världen den där dagen: Det var de goda människorna, de som inte låtit egoismen och självtillräckligheten och det sluga beräknandet ta över. Det var de fromma, oskuldsfulla.

Då fanns det alltså barn som inte tillhörde den kategorin.

Och visst, han hade ju faktiskt sett flera barn bland alla de vuxna under demonstrationen där på Götaplatsen strax före jul. Och de hade inte varit passiva åskådare. De hade betett sig på samma sätt som de vuxna, de hade klart och tydligt demonstrerat sitt hat mot de kristna. Han hade blivit illa berörd. Han förstod ju att de bara rycktes med, att de tog efter de äldre och tyckte att det var häftigt att knyta händerna och skrika slagord. Men han hade också insett att några av dem var med därför att de hade gjort de vuxnas fiendskap mot kyrkan till sin egen. De var besatta av hat. Han hade sett det i deras ögon. Han hade sett det i deras sätt att skaka sina knutna nävar.

De oskuldsfulla små liven var inte så oskyldiga när det kom till kritan. Under vintermånaderna hade många barns plötsliga och utstuderade elakhet mot både flyktingbarn och barn från kristna familjer väckt uppmärksamhet i media. Egentligen var det väl bara ett fåtal barn som visade en sådan elakhet, men de var ändå tillräckligt många för att skolpersonal – och även dagispersonal – hade reagerat och vänt sig till polis och sociala myndigheter.

*

En händelse som skapade stora rubriker inträffade en av dagarna mellan jul och nyår. En buss, full med iranska flyktingbarn på väg mot Norge, kapades av två män under ett uppehåll i Skåne. Under pistolhot tvingade de chauffören att köra norrut, tills de en bit norr om Göteborg möttes av mörker och snöstorm. Där iscensatte de båda männen sitt fruktansvärda illdåd. De dränkte bussgolvet med bensin och befallde chauffören att köra långsamt och öppna dörren. En av dem tände en cigarett och kastade in den i bussen i samma ögonblick som de båda hoppade ut. Bussen blev omedelbart övertänd. Den krängde fram och tillbaka på vägen innan den stannade på motsatta körbanan. En långtradare var bara några meter från att köra in i det brinnande bussvraket. Alla barnen slukades av lågorna, bara busschauffören och hans medhjälpare lyckades rädda sig genom den öppna dörren.

Senare ryktades det om att två av barnen, en 13-årig flicka och hennes 6-åriga bror, på ett mirakulöst sätt ändå överlevt. De påstod att en ljusgestalt tagit dem i handen och fört dem ut ur eldhavet utan minsta brännskada. Deras räddare hade sagt till dem att berätta för folk att alla de andra barnen i bussen "hade kommit till himlen" och att de själva skulle följa efter senare.

Inte många trodde på den historien. Det gjorde inte Johan Linder heller. I alla fall inte före den dag några veckor senare då hans dotter Jenny kom in på bokhandeln i sällskap med sin väninna Jing – och de två barnen från bussen.

29

I två timmar satt de på hans kontor. De båda barnen hade redan hunnit lära sig lite svenska, och 13-åringen var duktig på engelska, så samtalet flöt på ganska bra. Johan fick mycket att grubbla på efter deras besök på hans arbetsplats. Det var svårt för honom att hålla fast vid en hållbar rationell förklaring till de båda syskonens räddning ur den brinnande bussen. Men ett erkännande av deras version skulle få alltför stora konsekvenser för hans egen del. Det steget var han inte beredd att ta.

När Jenny och Jing sedan lät honom förstå vad dessa två flyktingbarn fått utstå under deras korta tid i Sverige var det nästan omöjligt att tro på vad de berättade. De som hade varit mest elaka mot dem hade varit andra barn. Vid flera tillfällen hade det inte stannat vid hån och sårande ord utan gått över i brutala fysiska övergrepp.

– Jag förstår inte att barn kan vara så utstuderat ondskefulla, hade Jenny sagt med tårar i ögonen. Att vuxna visar sitt hat mot både flyktingar och kristna har man tyvärr vant sig vid. Men att barn ...

Hon såg sin far i ögonen, som om hon vädjade till honom att förklara det ofattbara. Men Johan kunde inte svara, han slog ned blicken. Och grät inombords.

*

Han hade fortfarande handen på dörrhandtaget. De båda syskonen stod kvar, i sina smutsiga t-shirts och shorts. Och de såg fortfarande vädjande på honom.

Minnesbilden av de två iranska flyktingbarnen, som Jenny tog sig an, blev plötslig så tydlig.

– Kom in, sa han. Det är visst dags för lunch. Så går vi hem till er sedan och ser vad som hänt er mamma.

Han märkte faktiskt inte att det plötsligt hade blivit ljusare utanför dörren. Kanske kände han en liten strimma av ljus bryta sig in i hans själ. Men att solljuset återvänt, rent fysiskt där ute, hade han inte upptäckt ännu.

5

Det var en inte helt vanlig syn som visade sig på villagatan i Askim denna eftermiddag. En lång, medelålders man i ledig sommarklädsel gick mitt på den tomma gatan med en liten flicka i ena handen och en pojke i andra. Båda två i smutsiga shorts och t-shirts. Efter att ha passerat två gatukorsningar kom de fram till ett äldre tvåvåningshus i trä. Tomten var gömd innanför en hög, vildvuxen häck.

Johan tyckte att den här promenaden kändes så annorlunda på ett obestämt sätt. Jo, han gick ju förstås med ett litet främmande barn i vardera handen, och det hade väl aldrig hänt honom förut. Men det var något annat också, något välbekant. Och behagligt. Först nu, när de nådde fram till huset som de var på väg till, förstod han vad det var. Ljuset! Värmen! Solen hade återvänt i normalt skick!

Han fick nästan lust att ta barnen i en liten ringdans där på gatan. Men så kände han hur deras grepp hårdnade i hans händer. De var spända, oroliga, absolut inte danssugna.

Pojken öppnade tveksamt den rostiga järngrinden. När Johan följde efter de två syskonen kunde han konstatera att det nog var lika bra att det inte var någon insyn utifrån gatan. Det fanns inte mycket där som skulle glädja en trädgårdsmästare, kanske inte något alls, egentligen. Flera stora fruktträd med täta grenverk, ett otal förvildade vinbärsbuskar och en gräsmatta, som dittills under denna sommar uppenbarligen inte sett någon gräsklippare, berättade för honom att husets invånare inte hade något till övers för trädgårdsskötsel.

Innanför grinden fanns i alla fall en grusgång som ledde fram mot husets veranda. Flickan, som berättat för Johan att hon hette Sophia, tvekade, som om hon inte vågade gå närmare. Pojken (som inte velat tala om vad han hette) stannade också han.

– Så det är alltså här ni bor. Och ni vill inte gå in?

Johan kände sig inte särskilt bekväm med situationen men visste att han måste ta reda på vad som hänt med barnens mor.

– Om jag går före så kan väl ni hålla er bakom mig och tala om vart jag ska gå för att hitta mamma.

– Okej, sa pojken till slut.

Vad Johan än hade väntat sig att få se när han öppnade ytterdörren så var det inte detta: En stor, öppen hall med gott om plats för kläder och skor ledde in i ett väl tilltaget, elegant vardagsrum, eller snarare salong, med vackra, antika möbler på en tjock grå heltäckningsmatta. Till vänster innanför hallen fanns ett hypermodernt kök med skåpluckor i ljus teak. Runt en köksö stod fyra barstolar. Barnen märkte inte hans förvirring inför denna oväntade prakt. I stället dröjde de sig kvar i hallen och tittade ned i golvet som om de skämdes, och Johan förstod att det var modern de tänkte på – och ängslades för.

– Hon är däruppe, viskade pojken och pekade mot en trappa som Johan först nu la märke till.

Det var en svängd trappa, till hälften dold bakom ett draperi vid vardagsrummets bortre kortvägg. Johan undrade nervöst vad han skulle få se om han gick högre upp i huset. Det är i alla fall knappast något spökhus han befann sig i, konstaterade han, trots att exteriören såg ut att vara försummad. Och nu kunde han inte gärna vända.

– Kom så går vi upp, sa han till barnen, med blicken vänd mot trappan. De båda syskonen tvekade på nytt, men följde ändå med försiktiga steg efter honom.

Ännu en gång blev han förvånad. Övervåningen hade en helt annan karaktär än den nedre. Direkt ovanför trappan fanns en lång rak korridor med flera dörrar på båda sidor. Alla var stängda utom en som ledde in i ett mindre rum som tydligen var Sophias. Pojken stod kvar vid trappan, höll sin syster i ena handen och pekade hastigt på en dörr mitt emot Sophias rum.

– Där går man upp på vinden, sa han.

32

Johan övervann lusten att vända tillbaka ner i huset igen. Han anade vad han skulle få se på vindsvåningen, och nu fanns ingen återvändo – han måste få klarhet i vad som hänt. Han visste att barnen inte skulle följa med honom längre, han måste gå själv. Han öppnade dörren, hittade en strömbrytare innanför och i det svaga ljuset såg han en kort, brant och trång trappa som ledde upp till vindsutrymmet. Han fick ta hjälp av händerna för att komma uppför de sju stegen. Ett takfönster gav ett begränsat ljus. Det var ett enda stort utrymme med ståhöjd i mitten och sluttande tak på sidorna, och det tjänade tydligen som förråd. Han såg både gamla möbler och diverse fritidssaker som skvallrade om en rätt aktiv småbarnsfamilj.

Längst bort, knappt urskiljbart från vindstrappan, såg han något som kunde vara det han sökte. I dunklet anade han konturerna av en människokropp, och han förstod att hans misstankar om vad som hänt barnens mamma bekräftades. Han tyckte sig också känna en svag, obehaglig lukt, som naturligtvis kunde härröra från vad som helst i ett instängt, varmt vindsutrymme i ett gammalt hus.

Johan visste att han måste kontakta polisen. Men först ville han få visshet om att hans misstankar verkligen stämde. Om inte annat så för barnens skull. Han svettades och kände sig lätt illamående när han trevade sig fram i halvmörkret. De få stegen gav honom visshet. Det var en kvinna, och hon var död.

Då upptäckte han en papperslapp vid sidan av den dödas kropp. Det var för mörkt att se vad det stod på den. Han tog den med sig och gick på darrande ben tillbaka till trappan. Där, i det svaga ljuset från lampan, läste han orden som skulle komma att förändra allt.

6

Hennes rum på socialkontoret hade ett enda fönster, mot söder. När hon för ett år sedan som nyanställd installerade sig i det här rummet hade hon oroat sig för att det skulle kunna bli alltför varmt när solen låg på utifrån. De gånger det blev så hade hon dragit för plisségardinen, som var så effektiv att hon tvingats ha takbelysningen tänd. Men efter den spektakulära händelsen under våren hade solljuset inte varit något problem. Däremot hade hon ofta fått lov att tända belysningen i rummet för att kompensera det minskade dagsljuset.

Hon tyckte om att stå vid fönstret och ta in bilden av Västerleden som hon kunde följa med blicken en bra bit. Den var som en väldig pulsåder som forslade personbilar, bussar och lastbilar fram och tillbaka, som en trafikens blodförsörjningsled som band ihop de sydvästra delarna av Göteborg med förorterna längre söderut, bland andra Askim. Hon hade faktiskt löst många arbetsrelaterade problem medan hon stått där i fönstret.

Nu stod hon där på nytt och såg den jämna strömmen av fordon transportera människor och gods i båda riktningar. Alla hade, får man förmoda, ett bestämt mål i sikte. Och hon såg det som alla andra hade sett, också de som satt i bilarna där nedanför henne, att den försvagade solen hade återfått sin fulla kraft. Nu skulle plisségardinen komma till användning igen.

Tre meter bakom hennes rygg fanns dörren ut mot korridoren, och alldeles till höger om den, på utsidan, satt en liten skylt med hennes namn och titel. "Anneli Thored, socialsekreterare".

Hon hade nyss fyllt 39 och hon var singel. Många års studier och

34

ett antal korta anställningar på olika socialkontor hade lett fram till den position hon nu hade. Men hon var inte nöjd, hon ville komma högre upp på karriärstegen. För henne var målet i livet att vinna så stort erkännande som möjligt för de insatser hon kunde bidra med för att föra den här världen framåt.

Så dessa stunder av reflektion och eftertanke hade en viktig plats i dagsschemat. Hon behövde utvärdera varje arbetsmoment som hon la tid på. Hon måste fokusera på de uppdrag som snabbast och mest effektivt förde henne till målet. Det var de uppdragen hon skulle åta sig. De andra, mindre viktiga ärendena, fick andra ta hand om.

Bara vid ett enda tillfälle hade hon för ett ögonblick ifrågasatt sitt livsmål. Det var när katastrofen inträffade ett halvår tidigare. Den drabbade henne hårt, precis som den drabbade hela mänskligheten hårt. När hon fick veta att hennes bror Anders var en av dem som oförklarligt försvann den dagen tyckte hon att marken gled undan hennes fötter och hon var färdig att ge upp sina ambitioner. Det som framför allt fick henne ur balans var att alla hennes frågor om varför, hur och vart bara drunknade och dog i ett stort, svart gapande hål. Brorsan var bara borta, precis som nästan alla andra i kyrkan vid Heden där han var pastor.

De hade stått varandra nära, Anders och hon, trots att hon tidigt valt en annan väg i livet än han. En nattsvart känsla av tomhet och en sorg som inte gick att bearbeta var det som blev över till henne. Hur skulle hon kunna leva med den?

Men hon lyckades, nästan till sin egen förvåning, ta sig upp ur vanmakten. Hon återfann balansen och tog tag i livet igen. Nu ville hon, för Anders skull, fullgöra det hon föresatt sig.

Just nu – medan hon lät de för henne anonyma trafikanterna på Västerleden leva i konsekvenserna av *sina* livsval – försökte hon analysera ett något udda telefonsamtal hon hade för bara några minuter sen. Det var mycket möjligt att hennes chef skulle be henne ta sig an det ärendet. Borde hon i så fall göra det? Skulle det ligga i hennes intresse? Eller skulle hon be chefen ge uppdraget till någon annan på kontoret?

35

Ärendet i sig var inte ovanligt, inte på något sätt. Två små barn, syskon, nio och sex år gamla, hade mist sin mor. Fadern var redan tidigare ute ur bilden. Nu behövde barnen någon som kunde få vårdnaden om dem. Det fanns inga nära släktingar, i alla fall inte som man kände till. Familjehem var den självklara lösningen. Det var två saker som gjorde det här ärendet annorlunda – och kanske särskilt intressant för Anneli Thored. Modern, som dött för egen hand, hade varit involverad i en verksamhet som helt säkert skulle göra hennes två små barn särskilt utsatta och sårbara, med en högst trolig hotbild över sig. Det andra var att en man – tydligen en för barnen helt främmande man – av någon outgrundlig anledning sagt sig vara villig att ta hand om dem.

All den här informationen hade hon fått i det korta telefonsamtalet. Uppgiftslämnaren var en god vän till Anneli som jobbade på polisen. Vännen, som hette Elvi, hade antytt att mannen i fråga var ensamstående och såg bra ut. Det där sista hade Anneli valt att inte kommentera, det var ju naturligtvis helt ovidkommande. Ändå kände hon, nu när hon försökte göra sig en bild av ärendet, att den ovidkommande anspelningen från hennes vän polisen inte hade låtit sig avfärdas så lätt. Den hade satt sig fast där inne i hennes huvud. Irriterande! Den där mannens utseende hade ju definitivt inte något med saken att göra. Om hon nu skulle tillmäta en sådan detalj någon som helst betydelse skulle den tvärtom kunna hindra henne från att göra ett bra jobb. Så bort med sådana tankar!

Askim, hade Elvi sagt. Det var där både barnen och mannen bodde. Hon lät blicken följa en bil som körde österut i hög fart, långt över hastighetsbegränsningen. Hur vågade han? Eller hon? Det fanns övervakningskameror överallt, och de registrerade hastigheten med okuvlig precision. Man får hoppas att han – eller hon – hade en godtagbar anledning att köra så fort. Några sekunder senare hade bilen försvunnit ur hennes synfält. Kanske svängde den åt höger borta vid rondellen, ner mot Askim. Var det dit hon själv skulle ta sig å jobbets vägnar?

36

Och så blev det. Chefen hade sökt upp henne senare på eftermiddagen och hållit en kort utläggning om Askimfallet.

– Jag tänker sätta dig på det ärendet, hade han avslutat. Kan du tänka dig ta det?

– Visst, okej.

– Och det blir alltså familjehem för barnen.

Chefen la en mapp med de viktigaste uppgifterna i ärendet på hennes skrivbord och lämnade henne.

Innan hon satte sig vid skrivbordet kastade hon en blick i spegeln på väggen. Hon var inte fåfäng, men hon tyckte ändå att det såg bra ut, det hon såg där. Hon behövde verkligen inte skämmas för sitt utseende.

7

Dag nummer tre på Johans semester hade hunnit en bra bit in på förmiddagen när han till slut kom sig för att ta den korta promenaden till brevlådan. Det var mulet och blåsigt, inte alls den sköna sommar som gårdagen bjudit på. Ändå var det bättre så här än när solen sken med förminskad lyskraft.

– Den här gången var det du som fick vänta på mig, mumlade han när han tog tidningen i handen. Han tog en hastig blick på förstasidan. Som han anat pryddes den med en bild på ett tvåvåningshus av äldre datum. Rubriken löd:

Bakom den slitna fasaden:
HÄRIFRÅN LEDDES STRIDEN MOT KYRKAN

Han läste den korta texten under bilden som hänvisade till artikeln några sidor längre bak i tidningen och insåg att journalisten missat den viktigaste poängen i det drama som avslöjats. Eller också hade han medvetet avstått från att publicera det mest remarkabla i hela storyn.

Inne vid köksbordet bläddrade han fram till artikeln inuti tidningen. Där fanns fler bilder på huset som pekades ut som högkvarter för det organiserade motståndet mot den kristna kyrkan. Här hade strategin lagts upp, här hade de fientliga attackerna runt om i landet planerats och härifrån hade de kontrollerats. Här hade demonstrationer organiserats, propagandablad tryckts, insändare och debattartiklar författats och våldshandlingar initierats. Man hade även sammanställt

38

rapporter över framgångsrika aktioner på lokal nivå och gett löpande information om hur kyrkan tryckts tillbaka lokalt och nationellt. Det var med andra ord en intensiv verksamhet med vittgående följder som hade camouflerats av det något skamfilade utanverket.

Men det som för Johan framstod som det mest sensationella i allt som avslöjats i det mystiska huset stod det inte ett ord om. På den handskrivna lappen som Johan hittat intill den döda kvinnans kropp hade han läst:

Till den som hittar min kropp och detta meddelande:
Tillsammans med min man bär jag det yttersta ansvaret för förföljelsen mot de kristna i vårt land. Det var vårt hem som var basen för de handlingar som drabbade tusentals oskyldiga människor runt om i Sverige, och vi båda stod i bräschen för det hat som riktades mot kyrkan. Vi fick många med oss, och de har sin del i skulden, men vi står som ansvariga och har därmed dragit över oss den evige Gudens vrede. I mitt nattduksbord finns en nyckel som går till ett rum innanför vardagsrummet i bottenvåningen. Där finner ni allt material som förklarar vad vårt brott består i.

Min man insåg till slut vad vi gjort och bekände inför några kyrkliga företrädare, som gav honom sin förlåtelse. Jag, däremot, framhärdade. Min man försvann samtidigt med alla de där troende människorna den besynnerliga dagen i våras.

Nu orkar jag inte mer. För mig finns ingen förlåtelse. Snälla, ta hand om mina barn.

Det korta brevet var undertecknat med namnet på en av de mest aktade och mest beundrade kvinnorna i svensk inrikespolitik.

Men artikeln i tidningen teg om kvinnans identitet. Och den teg om att hennes tragiska död kan ha haft en koppling till "den besynnerliga dagen i våras".

Kanske var det alltför känsligt att publicera hennes namn och det brev hon lämnade efter sig. Hennes erkännande skulle säkerligen skada många myndigheters och politikers rykten och skapa obalans i samhällslivet. Johan anade att det material han hade överlämnat till polisen efter gårdagens upptäckt kunde vara besvärande för en del. Och bara misstanken om att det kunde finnas ett samband med de märkliga händelserna ett halvår tidigare skulle kunna få obehagliga följder. Folk skulle, genom rena spekulationer, frammana en tänkbar orsak till katastrofen och snabbt peka ut de "skyldiga" med våldsamma upplopp som följd. Månader av instängd ångest och obesvarade frågor skulle se till att den explosionen blev kraftig.

Detta måste man till varje pris undvika. En speciell undersökningskommission hade snabbt börjat arbeta med fallet, och redan efter ett par timmar hade Johan blivit kontaktad av kommissionens sekreterare som bad honom – i hotfulla ordalag – att hålla tyst om det brev den döda lämnat efter sig.

– Om vi skulle upptäcka att innehållet i hennes brev har läckt ut till allmänheten så vet vi var vi ska hitta källan ...

*

I väntan på att sociala myndigheter skulle fatta beslut om de båda barnen hade Johan tagit dem med sig hem. Det fanns liksom inget annat val. Samtidigt var det heller inget som han direkt kände tvekan inför. Han hade börjat tycka om dem, båda två. Med polisens tillåtelse hade han tagit med sig rena kläder och en del leksaker och böcker från deras rum.

När de senare på dagen satt vid hans köksbord och åt kvällsmat hade pojken berättat lite om sig själv och sin syster.

– Jag heter Gustav och är nio år. Sophia är sex. Jag gillar fotboll, fast de andra låter mig inte vara med och spela. De säger att jag är mallig för att min mamma är en kändis. Men det är jag inte.

Han tog en tugga till på sin smörgås. Plötsligt började tårarna rinna.

– Varför är mamma död?

– Hon är inte död! skrek Sophia. Hon sover. Jättelänge ...

40

Det var sorg och förtvivlan, uttryckt på barns sätt. Hur ska jag hantera den här situationen, tänkte Johan nervöst. Tänk om ändå Agneta och Jenny varit här! De skulle kunnat trösta dessa stackars föräldralösa barn.

I nästa ögonblick dök de två iranska flyktingbarnen upp i hans medvetande. Också de hade varit syskon, och de hade gjort ett djupt intryck på honom. De hade pratat om en ljusgestalt, och trots allt det hemska som de fått utstå efter den mirakulösa räddningen ur den brinnande bussen hade deras ögon strålat som om den där ljusgestalten fortfarande var vid deras sida, fast osynlig för alla andra. Johan kom ihåg att både hans fru och dotter någon gång pratat om änglar som om de faktiskt fanns på riktigt. Tänk om det var sant? Tänk om det fanns någon ängel över till de här två stackarna?

*

Nu satt han här med tidningen framför sig och betraktade bilden på det gamla huset. Barnen hade ännu inte vaknat, det hade blivit en sen kväll innan de äntligen kom till ro och somnade av ren utmattning. Själv hade han inte sovit mer än ett par timmar på morgonen.

Efter det att polisen spärrat av villan och hela tomten hade Johan på inrådan av insatschefen ringt upp socialtjänsten för att sörja för att de två barnen skulle tas omhand. Kvinnan i växeln hade låtit stressad men hade ändå lovat att han skulle få besök av en familjerådgivare morgonen därpå.

Nu var det alltså långt fram på förmiddagen och ännu hade ingen kommit från socialen. Kanske lika bra det, tänkte Johan. Han hade på känn att en familjehemsplacering inte skulle bli den bästa lösningen för Gustav och Sophia. De goda människorna hade tagits bort från världen, så kände han det. Vem kunde lita på att personalen på de myndigheter som hade social omsorg på agendan hade barnens bästa för ögonen? Eller att de familjehem som valdes ut var en bra miljö för två syskon som så tragiskt mist sina föräldrar?

Det vore nog bättre om de fick vara kvar här.

41

Tanken tog honom med total överraskning. En absurd tanke! Var kom den ifrån? Han hade haft barnen hos sig en natt – hur kunde han inbilla sig att han skulle vara redo att ta sig an dem i fortsättningen? Han kände dem inte ens. Han var knappast själv i psykisk balans efter allt som hänt – vad hade han egentligen för förutsättningar att ta hand om dem? Och skulle de själva gå med på det?

Att de sociala myndigheterna skulle godkänna en sådan lösning var inte troligt. Ändå satt han här vid köksbordet och önskade sig av hela sitt hjärta att få öppna sitt hem för dessa två vinddrivna barn. Det gick inte att stå emot det beslut som växte fram inom honom.

Alla odds var emot honom. Men han skulle kämpa för det han nu kände var det enda rätta.

Kanske skulle någon socialtjänsteman dyka upp senare, och då skulle Johan delge honom eller henne sitt beslut: barnen ska stanna hos honom.

8

Fjärde semesterdagen. Då kom hon, den kvinnliga handläggaren från socialförvaltningen. Nu skulle Johans beslut sättas på prov. Nu hade han chansen att visa mod.

Men det var nära att han redan efter tio minuter fallit till föga och gett efter. Argumenten för att Gustav och Sophia borde placeras i ett familjehem lät övertygande. Inte så att Anneli Thored, som hon presenterat sig som, var en dominant madam i övre medelåldern som inte gjort annat än styrt och ställt med föräldralösa små barn efter myndigheternas benhårda direktiv. Tvärtom, hon var en mjuk kvinna, som med förtroendeingivande röst gav mycket sakliga skäl för socialnämndens syn. Och den bestod i att de båda barnen, med tanke på de mycket speciella omständigheterna, borde få ett hem på annan ort och i en miljö där det som hänt inte riskerade att störa deras rehabilitering.

De satt på varsin sida om köksbordet. Gustav och Sophia var på övervåningen och lekte i det rum de tills vidare fått överta efter Jenny.

– Vi har ett konkret förslag på en sådan familj, sa Anneli Thored. Med tanke på att du, som jag förstått, har fäst dig vid barnen och de vid dig, så vill vi inte göra det svårt för er genom att avslöja familjens identitet. I nämnden är vi helt eniga om att vårt beslut är den allra lyckligaste lösningen.

– Så om du bara vill ge ditt godkännande här, så kommer vi att ge dig tid till i morgon att prata igenom det med barnen och förbereda dem för deras nästa steg i livet.

Hon sköt över ett formulär till honom med socialnämndens beslut och med plats för hans namnteckning. Han tog pennan i handen, färdig att skriva på. En ingivelse fick honom att titta bort mot trappan som ledde upp till övervåningen. Där, högst upp i trappan, mötte han två par barnaögon. De försvann blixtsnabbt när de förstod att han avslöjat dem.

Han lade ifrån sig pennan och flyttade blicken till den unga kvinnan på andra sidan köksbordet.

– Ja, jag har fäst mig vid barnen, det är sant. Och hade det bara varit för det hade jag skrivit på. Mina känslor måste ju naturligtvis underordna sig vad som är bäst för dem. Men det är något mycket viktigare och mer avgörande som gör att jag ber dig meddela socialnämnden att det är min bestämda önskan att ta ansvar för Gustav och Sophia. Jag har kommit till insikt om att det är just mig de behöver. Det finns säkert fina, goda människor som känner dem och vet om deras situation. Ändå var det just mig de sökte upp och anförtrodde sig åt.

– Jag begär inte att du ska förstå det här, fortsatte han, men jag gör både dem och världen en otjänst om jag svek dem nu. Och jag gör mig en otjänst, som jag aldrig skulle kunna förlåta mig själv.

Han la märke till en antydan till otålighet i Anneli Thoreds vänliga röst när hon svarade.

– Det är inte så att jag betvivlar din uppriktighet, och inte heller tvivlar jag på att du verkligen har för avsikt att ge barnen ett tryggt hem. Men du måste förstå att den myndighet jag representerar är tillsatt just på grund av samhällets behov av att ta ett kvalificerat ansvar framför allt för barn vars föräldrar inte längre kan ta det ansvaret själva. Nu har samhället gett socialtjänsten i uppdrag att förvalta detta ansvar. Nämnden har alltså både kompetensen som behövs och samhällets mandat att agera.

– Ändå måste jag be dig, avbröt Johan, att hälsa dina överordnade att jag bestämt mig. Jag tänker ansöka om att få ansvaret för Gustav och Sophia.

Anneli Thored insåg att hon för ögonblicket inte kunde göra mer för att få Johan att ändra sig. Han måste naturligtvis få komma in med sin ansökan, och sedan skulle hon med nämndens slutgiltiga beslut i handen få avsluta ärendet.

Hon stoppade papperet tillbaka i sin mapp, där raden för underskrift lyste tom, reste sig och lämnade Johans kök. När hon stängde dörren bakom sig och gick mot bilen konstaterade hon nöjt att hon trots allt hade genomfört besöket på ett professionellt sätt. Dessutom hade hon kunnat hantera det faktum att hon måste ge sin vän polisen rätt: den där Johan Linder var en goodlooking man ...

*

Johan satt kvar vid bordet en bra stund innan han långsamt reste sig och gick mot trappan till övervåningen. För varje trappsteg han tog fylldes hans inre mer och mer av känslor som det var längesedan han haft. Frid. Beslutsamhet. Tillfredsställelse. Och något som måste definieras som lycka.

Han tog de sista trappstegen och såg de två små syskonen intensivt upptagna med sina legobitar, som om de ville få honom att tro att de hållit på med dem hela tiden. I det ögonblicket var han övertygad om att ingen myndighet i världen skulle kunna ta ifrån honom den seger han vunnit. Kanske skulle hans övertygelse komma att sättas på prov. Men just nu tyckte han sig nästan ha fått kontakt med den värld som Agneta och Jenny kände så väl. Han kunde nästan se sin dotter göra tummen upp.

Det var som om livet började på nytt för Johan Linder.

*

Också för Anneli Thored, skulle det visa sig, fick besöket i Johans kök konsekvenser. Det var faktiskt inte förrän flera timmar senare, efter att hon kommit hem till sin lilla lägenhet i Mölndal, som hon gjorde upptäckten. Johan Linder var inte bara ett ärende för socialtjänsten och en kund som hon hade varit i kontakt med. Han hade – det insåg hon nu – trängt sig förbi hennes korrekta yrkesmässiga

45

uppträdande och satt känslor i rörelse någonstans i trakten av hennes hjärta.

Och det var inte så bra. Han hade tagit sin in på obehörigt område, och även om hennes känslor sa ett högljutt ja till intrånget så visste hon att det skulle komplicera livet för henne.

9

En tvåbarnsmor i Askim hade tagit sitt liv. En tragisk händelse, men i normala fall skulle den knappast ge anledning till braskande tidningsrubriker. Men detta var inget normalt fall. Sophias och Gustavs mamma avslutade sitt liv med att avslöja hjärnan bakom den hätska kampanjen mot de kristna. Det var där nyhetsvärdet låg. Det hjälpte inte att polisen hade lagt locket på utredningen kring avslöjandet. Händelserna i Askim fick stor uppmärksamhet i hela landet.

Johan kom på sig själv med att tänka att nyhetsmedia nu försökte kompensera för den totala tystnaden kring händelserna "den där dagen i våras" (det var så koden löd för dagen som ingen ville bli påmind om men som alla mindes alltför väl).

Även om Johan hade belagts med munkavle för att inte röja innehållet i den döda kvinnans brev var det allmänt känt vem hon var. Den stridbara politikern hade visserligen hemlighållit sin bostadsadress, men för den som ville var det lätt att ta reda på vem det var som bodde i det utpekade huset.

När det nu stod klart för gemene man vilka som bar ansvaret för kampanjen mot de kristna – som i mångas ögon antagit oförsvarliga proportioner – och dessutom varifrån den hade manövrerats, så var det som om detta avslöjande i ett nu skingrade något av mysteriet kring det som hänt den där besynnerliga dagen ett halvår tidigare. Det fasansfulla ljusskenet. Det oförklarliga massförsvinnandet. Plötsligt var det som att alltihop fick sin förklaring. Den kollektiva skulden som lagts över och tystat en hel nation kunde nu projiceras på ett fåtal skyldiga.

Nyheten om den hemlighetsfulla villan i Askim blev nålen som stack hål på en jättelik, nationell varböld. Fram tills nu hade varje tanke på den hemska dagen tvingats in i ett rum för "slutförvaring" djupast inne i själen. Men där blev det till en växande varböld i samhällskroppen. Och nu räckte det med en liten nål för att få hål på den. Koden som tjänat som skydd mot att prata om dagen behövdes inte längre. Nu var allt blottlagt och tillåtet att nämna vid namn.

Nu hade man fått förklaringen.

Denna irrationella reaktion blundade naturligtvis för det faktum att det inte bara var Sverige som drabbades den där ödesmättade vårdagen. Det var inte en nationell katastrof, det var en global katastrof som sände chockvågor till hela mänskligheten.

Reaktionen kan tyckas absurd, men för den stora massan av svenskar var det just där, i den sjabbiga villan i Askim, som källan till det oförklarliga den där dagen måste sökas. Det var naturligtvis den våldsamma hatkampanjen mot kyrkan som varit den tändande gnistan, och nu visste man varifrån den hade styrts. I mångas ögon var angreppen mot de kristna inte bara brutala, de var också i långa stycken oförtjänta. Och nu stod sanningen klar för dem: Det fanns en gud, och den guden hade agerat på sitt folks vägnar.

Den insikten fick de tillbakahållna reaktionerna att med våldsam kraft komma upp till ytan. Varbölden sprack.

Sorg och förtvivlan gick hand i hand med otyglad vrede och fick folk i hela landet att gå man ur huse för att demonstrera. Mot vem visste man inte säkert. Det var bara det att de obearbetade känslorna måste få komma fram i ljuset. Det blev kravaller och upplopp överallt, och polisen svarade med hårdhänta ingripanden. Regeringen införde undantagsregler och gav polisen befogenheter att bemöta oroligheterna med maktmedel. Det blev uppenbart för alla att en polisstat var på väg att ta form. Det demokratiska Sverige gick mot sin undergång. Friheten beskars genom en rad snabba penndrag i lagtexter som i rask följd gavs laga kraft. Mörkret blev allt tätare. Och då hjälpte det inte att dagsljuset återvänt, rent fysiskt. I motsats till det skulle det andliga mörkret tillta alltmer och i allt högre grad begränsa

48

friheten för medborgarna i det nya samhälle som nu växte fram.

*

Johan iakttog denna utveckling med oro. Han var inte förvånad över att den ägde rum men han överraskades av hur fort det gick.

Han hade några semesterdagar kvar, och han hade fortfarande inte fått sin ansökan godkänd om att få vårdnaden av Gustav och Sophia. Han hoppades på det av hela sitt hjärta. De båda syskonen hade gett hans liv en ny mening. Glädjen hade flyttat in i huset samtidigt med dem. Om de skulle tas ifrån honom tvivlade han på att han skulle kunna se någon framtid över huvud taget. Och han visste, längst in i hjärtat, att också de båda barnens framtid stod på spel. De hade inte bara accepterat honom som ställföreträdande pappa. Det hade vuxit fram en närhet mellan dem som bara kunde definieras som kärlek. Han kände att han på något sätt hade fått förtroendet – av vem visste han inte – att sörja för deras trygghet. Han var den utvalde. De hade blivit givna åt honom.

Det skulle vara förödande, både för honom själv och för dem, om de skildes åt.

Men tiden började rinna ut. Han måste ordna någon form av barnomsorg när han återvände till arbetet. Utan ett formellt godkännande som barnens målsman skulle han inte få någon plats åt dem på fritids i väntan på att höstterminen skulle starta i skolan och förskolan. Han trodde i alla fall inte att det skulle gå.

Vad skulle han göra? Det var när han nästan desperat ställde den frågan som svaret bara fanns där. Så självklart. Och så totalt överraskande. Du får be Agnetas och Jennys Gud om hjälp!

Han vände sig hastigt om där han stod i pyjamasen med tandborsten i handen. Men det fanns ingen där, och badrumsdörren bakom honom var stängd. Ändå hade han hört orden så tydligt.

Han la ifrån sig tandborsten på tvättställskanten och sjönk ned på knä på golvet.

– Hjälp mig, Gud! Jag har aldrig bett till dig förut, men nu gör

jag det. Låt mig få ta hand om Gustav och Sophia. De behöver mig
– och jag behöver dem ...

*

På kvällen tre dygn senare satt han på sängkanten i Gustavs rum.
Pojken hade äntligen somnat. De hade haft ett långt samtal den kväl-
len. Johan hade ansträngt sig för att inte låta ångesten lysa igenom,
men Gustav hade förmodligen genomskådat honom. Dagen efter var
en måndag, och då var Johans semester slut.

Han hade ännu inte fått något besked från socialen.

Gud hade inte hört hans bön.

Han kände hur besvikelsen fyllde hans bröst. Men han tillrätta-
visade sig själv: Vad hade du förväntat dig, egentligen? Trodde du
verkligen att Gud skulle lyssna till dig? Du som har förnekat honom
hela ditt liv. Trodde du att det som du känner för grabben som ligger
där intill dig skulle räcka för att blidka Gud?

Han hade faktiskt en plan för morgondagen. Han skulle ta med
sig barnen till bokhandeln. De skulle få varsin bok att sysselsätta sig
med, och så snart hans egna arbetsuppgifter tillät honom skulle han
ringa upp socialförvaltningen och be dem att så fort som möjligt ord-
na ett familjehem för dem.

Han hade helt enkelt gett upp.

Det var när han formulerade de orden i sin tanke som han plöts-
ligt, utan att förstå det själv, gav svar på tal, högt, rakt ut i rummet,
så att han väckte Gustav.

– Nej, jag tänker inte ge upp! Jag tänker ge upp mitt jobb i stället.
Det är mitt ansvar att ta hand om dessa båda barn.

Gustav såg på honom. Hans ögon fylldes av tårar – och så sprack
hans ansikte i ett stort leende.

– Tack, sa han. Tack, pappa.

*

Nästa morgon vaknade han tidigt. Arbetsdagen började egentligen inte förrän klockan nio, men han ville ha god tid på sig för att få barnen klara. För de måste naturligtvis följa med till bokhandeln. Han hade ju redan tänkt ut hur de skulle sysselsättas. Det skulle ta några dagar innan han formellt kunde lämna sin anställning och någon annan tog vid efter honom, och till dess måste Gustav och Sophia följa med till jobbet.

Vad som sedan skulle hända visste han inte. Han fick väl söka något arbete som gick att kombinera med barnens skolgång. Konstigt nog kände han ingen oro för framtiden.

Frukosten var nästan avklarad när telefonen ringde.

– God morgon, det är Anneli Thored från socialtjänsten. Jag står här med ett brev som jag fått i uppdrag att posta till dig, men jag tänkte att det kunde vara bra för dig att få veta på en gång. Det är ett beslut av socialnämnden att bifalla din ansökan om att adoptera Gustav och Sophia. Du kommer att få en kopia på beslutet. Originalet skickas till tingsrätten i Göteborg tillsammans med en rekommendation att besluta om adoption.

Det blev tyst i telefonen. I båda ändarna. Anneli Thored blundade och hörde hjärtat slå onormalt hastigt. Johan blundade och visste inte om han verkligen hört rätt. Han hade egentligen inte vågat tro på att hans ansökan skulle beviljas, själv hade han bedömt chansen som näst intill obefintlig. Men han hade ändå velat försöka, det tyckte han var skyldig både barnen och sig själv.

Gustav och Sophia satt mitt emot honom vid köksbordet med filtallrikarna renskrapade och såg oroligt på honom.

– Hallå! sa Anneli Thored efter att femton sekunder gått under total tystnad. Är du där Johan?

– J... Ja, jag har hört dig. Jag vet bara inte vad jag ska säga, jag hade slutat hoppas. Det känns för bra för att vara sant.

– Jag skojar verkligen inte. Det är sant, sa hon och kunde inte värja sig för vågorna av värme som fyllde henne på insidan. Hon undrade om han märkt det på hennes röst.

– Och nu behöver du bara skicka en kort, personlig skrivelse till tingsrätten om din önskan att adoptera barnen. Den kommer att bifogas vårt beslut och vår rekommendation. Det är de regler som gäller i sådana här fall.

– Men ... hur kommer tingsrätten att besluta?

– Vår erfarenhet är att de i de allra flesta fall beslutar efter socialnämndens rekommendation. Det är mer en formell sak att tingsrätten måste ha det slutliga ordet. Jag har i alla fall inte varit med om att rätten upphävt en ansökan när vi har bifallit den.

– Och när kommer tingsrättens beslut?

– Jag vågar inte svara på det, troligen dröjer det till slutet av den här veckan. Men jag är mer än säker på att du redan nu kan räkna med att få vårdnaden. Så jag ber att få gratulera! Och det ska tilläggas att jag är lite förvånad över det faktum att socialnämnden har fattat det här beslutet. Det hör verkligen till undantagen att en ensam man tillerkänns vårdnaden om två minderåriga barn. Undrens tid är tydligen inte förbi ...

Johan stängde av telefonen och skickade ett tyst tack till Anneli Thored för de sista orden. Undrens tid är inte förbi. De orden gjorde det lättare för honom att våga tro på det hon sagt. Om det var ett mirakel att han fått ansvaret för barnen, så skulle säkert det miraklet räcka till för att få tingsrätten att bekräfta det. Nu kunde han behålla jobbet. Samhället skulle hjälpa honom att klara omsorgen om dem.

10

Anneli Thored stod framför fönstret i sitt tjänsterum, fortfarande med telefonen i handen. Med den andra handen stödde hon sig mot skrivbordet bakom henne. Hon visste, utan att behöva vända sig mot det, att det var belamrat med pärmar och plastmappar och lösa papper som kallade på hennes uppmärksamhet. Men först måste hon försöka få klarhet i vad som egentligen hände inom henne.

Fönstret var stängt, men trafikbruset från Västerleden nådde ändå in till henne i rummet. Inte för att det var nåt som störde henne, hon noterade det inte ens. Det som störde henne, samtidigt som det kändes lite lockande, var att rösten från det nyss avslutade samtalet fanns kvar där inne i huvudet. Johan Linders röst. Den hade låtit så nära. Rent geografiskt befann han sig ju inte så särskilt långt borta, en knapp halvmil. Med tjänstebilen skulle hon vara där på några få minuter. Men det var inte den geografiska närheten det handlade om. Det var närheten till hennes hjärta.

Hon hade verkligen ansträngt sig för att vara formell i telefonen för att inte avslöja sig, och han hade säkert inte misstänkt att det var något annat än ett rent tjänstesamtal de haft.

Det bästa vore om hon bara kunde mota bort de där ovälkomna känslorna som bara ställde till problem och hindrade henne från att vara effektiv och rationell. Hon måste tänka på sin karriär, och då fanns det inget utrymme för sådant som somliga kallade kärlek.

Hon var fullt på det klara med att det inte gick att bara nonchalera känslorna inom henne. Hon måste ta itu med dem, se dem "i ögonen", benämna dem för vad de var och sedan bestämma sig för att de inte var vad hon behövde just nu. Visa dem på dörren, helt enkelt.

Och visst försökte hon. En lång stund stod hon där vid fönstret med telefonen i handen och alla pockande ärenden bredvid sig. Hon såg ned på telefonen, som om den kunde hjälpa henne med de ovälkomna känslorna när hon satte ord på dem och vägde dem på förnuftets vågskål. Resultatet blev bara att hon blev ännu mer medveten om dem. Det var som om telefonen i hennes hand försvarade hennes känslor i stället för att ta emot dem och skicka iväg dem ut i rymden. Vaddå att han var så mycket äldre än hon? Vaddå om han bara var en vanlig anställd (fast han var ju förstås butikschef ...) i en vanlig bokhandel (fast den var ju förstås en av de största i hela stan ...). Vaddå om det inte var en lyxvilla han bodde i och att han inte körde omkring i någon sportbil? Han var ju rätt charmig, faktiskt. Men det var inte det hon fäst sig vid allra mest. Det var hans rörande omtanke om de två små barnen. Och hans beslutsamhet. Att han inte gav vika för hennes yrkesmässiga invändningar mot hans önskan att få ta hand om dem.

Hon misstänkte att det var sådana saker som stod högt i kurs hos varje kvinna som sökte en livskamrat. I alla fall var det något som tydligen hade fått henne på fall, och hon kunde inte göra något åt det. Hon insåg det nu.

Kanske skulle det gå över med tiden? Hon borde akta sig för att komma i kontakt med honom igen, då skulle nog detta genanta – och för hennes del olämpliga – känslosvall dö ut av sig själv.

Utanför fönstret började stora tunga regndroppar falla, inte så många ännu, men de var välkomna efter ett par högsommarveckor som efter det pånyttfödda solljuset bjudit på intensiv hetta och en torka som fått jorden att flämtande vädja till himlen om regn. Kanske skulle den bli bönhörd nu?

Det var inte socialsekreterare Anneli Thored som kom med de reflektionerna. För henne var vattendropparna på fönstrets utsida mer en påminnelse om den gråt som hon så innerligt väl unnade sig själv men inte förmådde åstadkomma. Hon *ville* gråta. Hon längtade efter att kunna gråta över den kärlek som förvägrats henne under hennes uppväxt och som hon nu inte kunde tillåta sig, därför att en allt hårdare värld krävde allt tuffare tag från henne att slå sig fram i livet. Hon måste satsa stenhårt på sin egen framtid, hon måste fokusera sin uppmärksamhet på de erbjudanden som skulle dyka upp om avancemang i yrket, hon kanske måste gå kurser i juridik och social etik, hon måste kämpa på alla tänkbara sätt för att ta sig uppåt på karriärstegen. Hon måste göra allt för att kunna nå sin dröm om en forskartjänst inom socionomsektorn.

Men då fick inga känslomässiga relationer stå i vägen!

Om hon åtminstone kunde gråta över att det var så!

Nu var i alla fall ärendet Johan Linder avslutat för hennes del. Det vill säga det rent praktiska ärendet med adoptionen av de båda syskonen. Det låg nu på tingsrättens bord. Hon hade städat undan det, rent fysiskt, från sitt eget skrivbord, och skulle det dyka upp på nytt någon gång som ett socialtjänstärende skulle hon se till att det inte hamnade i det här rummet igen.

Men ärendet Johan Linder var inte avslutat i hennes hjärta. Hon insåg det när hon äntligen la ifrån sig telefonen på ett ledigt hörn av skrivbordet. Med en suck satte hon sig framför datorn.

Utanför fönstret började regnet hastigt tillta.

*

Det väckte ett visst uppseende i lunchrummet när Johan stegade in med ett litet barn i vardera handen. Bokhandelns ägare hade inte ansett sig ha råd att ha semesterstängt under sommaren, så de tolv anställda hade turats om att ta ut sin ledighet. När Johan nu återvände efter sina fem veckor var bara sju av hans arbetskamrater på plats.

– Hoppsan, vad har vi här då? Anna, den gamla trotjänarinnan, som arbetat i affären längre tid än någon annan, höjde på ögonbrynen när Johan och de båda barnen gjorde entré. Är det syskonbarn eller något sådant som är och hälsar på hos dig?

Utan att vänta på svar reste hon sig lite mödosamt från sin stol och gick fram mot skåpet ovanför kaffeautomaten.

55

– Här ska ni se små raringar, jag har lite godis i beredskap för sådana här tillfällen. Jag har alltid tänkt att någon gång skulle det hända att någon här på jobbet dök upp med ett par småttingar, och då måste det ju firas, eller hur? Och nu har det alltså hänt! Hur länge kommer de att stanna hos dig?

Hon tittade upp mot Johan samtidigt som hon sträckte fram en godispåse mot barnen.

– Nja, det är lite komplicerat att förklara, svarade han dröjande och såg på sin närmaste kollega, Fred Johnsson, för att få lite stöd. De är faktiskt inga syskonbarn, och de kommer inte att åka ifrån mig. Jag har ansökt om att få adoptera dem och har fått besked om att det kommer att beviljas.

Det blev tyst i rummet. Det var tydligt att allihop försökte hitta någon kommentar som passade in. Det här var absolut inte något som de andra i sin vildaste fantasi hade kunnat tänka sig. Chefen, Johan Linder ... De hade allihop haft en bergfast övertygelse om att denne man, deras överordnade som vanligtvis hållit sig lite för sig själv, inte kunde bära på sådana känslor.

Det var kanske ett skämt! Men det var också så olikt honom att skämta om sådana saker. Fred harklade sig lite.

– Du måste nog förklara för oss. Vi är allt lite chockade, om det nu är som du säger. Vad är det som har hänt?

–Vi spar det till lite senare. Det börjar bli dags att öppna butiken.

11

Sensommar. Dags för skolorna att inleda höstterminen. Men ingenting var sig likt den här gången. Tidigare hade lärarbristen fått i princip varje skolledare att slita sitt hår i försöken att få tillräckligt många behöriga lärare till sin skola. Den här hösten var det i stället elever som saknades, speciellt i de lägre årskurserna. Visserligen hade det märkliga försvinnandet mitt under föregående termin också orsakat luckor i lärarkåren, men det var ändå bland barnen som minskningen var mest tydlig. Redan under vårterminens sista två månader (skolorna hade varit stängda under de första veckorna direkt efter katastrofen) hade man på många platser slagit ihop klasser för att över huvud taget kunna bedriva en meningsfull undervisning.

Under den gångna sommaren, med lovstängda skolor och ett Sverige som gick på lågvarv, hade regeringen arbetat dag och natt med att formulera ett nytt politiskt program. "För att kunna styra ett i grunden förändrat Sverige", var deras svar när journalisterna frågade om anledningen. På presskonferensen försvarade regeringen de undantagslagar som införts med att "landet befinner sig i en extremt ömtålig situation", att "säkerheten är hotad" och att "det finns en överhängande risk för upplopp och anarki".

Nu var både skollov och semestrar slut, vardagslivet skulle återgå till det normala. Men nu var alltså ingenting normalt längre. Det började bli uppenbart för gemene man vad regeringen menade med att styra ett förändrat Sverige. Ett kontrollsamhälle av kinesisk modell var på väg att ta det demokratiska folkhemmets plats. De första syn-

57

liga tecknen var de tiotusentals nya övervakningskameror som dök upp snart sagt överallt. Storebror ser dig!

En annan mer utstuderad agenda dolde sig i lanseringen av en ny mobil app, som marknadsfördes som en uppdaterad och mer användarvänlig version av de dittills mest populära sociala medierna. Här fanns otroliga möjligheter till kommunikation! Här fanns ett enkelt verktyg för att hantera alla tänkbara vardagsärenden: beställa och betala varor, boka biljetter, sköta bankärenden och försäkringsärenden, bekräfta sin identitet, ha koll på allt från trafik och väder till myndighetsbeslut och regelverk, kort sagt allt som har med livet man lever att göra. Och tillgängligheten var garanterad!

Till en början var det bara ett fåtal som insåg att detta lockande erbjudande inte enbart var ett uttryck för de styrandes generositet mot sina undersåtar. Men det skulle snart stå klart för de flesta att det var ett kamouflerat sätt att tillskansa sig kontrollen över folket. Appen var nu inte längre ett erbjudande, den blev obligatorisk för alla och ersatte alla andra betalmedel. Utan den kunde man varken göra inköp eller andra transaktioner. Allt bokfördes och registrerades i databanker som kontrollerades av regeringen.

Appen fungerade också som ett id-kort som alla måste bära med sig. Den kopplades till skatteverket och fick därigenom tillgång till alla de uppgifter som fanns om varje individ i dess register. På det sättet kunde staten i detalj kontrollera sina medborgares köpvanor och förehavanden.

*

Detta sofistikerade kontrollsystem var ännu inte helt genomfört när Johan tog kontakt med en grundskola ganska nära bostaden med begäran om att Gustav skulle få börja sitt tredje skolår där. En enkel inskrivningsprocedur var vad han förväntade sig. I stället möttes han av en byråkrati som gjorde honom både arg och skrämd. Under det att Gustavs ärende bollades fram och tillbaka mellan olika beslutsfattare började Johan ana att skolmyndigheterna hade direktiv från högre ort att granska varje ny elevs bakgrund i detalj. Kanske hade de vetskap om Gustavs koppling till det omskrivna "Askimfallet" som händelsen i början på sommaren kommit att kallas.

I alla fall var det tydligt att det fria skolvalet var ett minne blott. Mindre än en vecka innan skolstart ringde telefonen.

– Är det Johan Linder?

– Ja?

– Jag har fått i uppdrag att meddela er att den plats som ni sökt för Gustav på vår skola inte är tillgänglig.

Klick!

Det tog några sekunder innan Johan förstod att samtalet var slut – innan det ens hade blivit ett samtal. Det var en mansröst han hört i örat, men mannen hade varken presenterat sig eller gett Johan någon chans att ställa frågor. Eller protestera. Eller för den delen att bekräfta att han förstått budskapet.

Förbryllad ringde han upp numret som visades på displayen. Efter några signaler kopplades en telefonsvarare på som bekräftade att numret gick till skolan. Men varför detta hysch-hysch? Var det en försmak på ett nytt samhällsklimat som var på väg? Var det en tystnadskultur som var på väg att bre ut sig, en rädsla för att bli stämplad för samröre med sådana som på något sätt avviker och inte håller måttet?

Var detta en föraning om att han själv var på väg att bli en persona non grata, därför att hans fru och dotter hade varit kristna?

Men nu hade han ett mer näraliggande problem att ta itu med. Han måste hitta en ny skola för Gustav och en förskola för Sophia. Men hur? Och var? Det var många tankar som virvlade runt i Johans huvud efter den där märkliga uppringningen. Att skolan inte hade plats för Gustav trodde han inte ett ögonblick på. Att rektorer på grundskolan var offer för ett nytt samhällsklimat med en allt tydligare censur uppifrån var en skrämmande men ändå mer trolig förklaring.

Hur som helst, han såg en mörk skugga av ett förändrat Sverige smyga sig in i skolans värld. Det såg ut som om den skulle kunna svepa med sig honom själv också. Johan Linder, en skuggfigur. Misstänkt för illojalitet mot dem som menade sig företräda folket. Men Gustav och Sophia då? Han hade ju ändå beviljats vårdnaden om dem. Till hans egen förvåning. Plötsligt trängde sig en misstanke på honom att det kunde ha varit ett spel från myndigheternas sida, ett medvetet drag för att hindra honom att gå under jorden. Nu hade de en hållhake på honom ...

Nej, nu får du väl ge dig, Johan, sa han till sig själv. Vilka konspirationsteorier! Nu måste du bara se till att dina barn får gå i skolan under hösten.

Okej, men vad skulle han göra? Vart skulle han vända sig? Om dörren slogs igen på den närmaste skolan var väl chansen inte så mycket större i skolor längre bort? Kanske socialtjänsten kunde hjälpa honom. De borde väl ha intresse av att ge råd åt en barnfamilj, i synnerhet när de hade hjälpt honom tidigare.

Sagt och gjort. Han slog numret till det socialkontor som han haft kontakt med förra gången. I samma ögonblick som telefonisten i växeln svarade fick han ingivelsen att fråga efter kvinnan som haft hand om ärendet med Gustav och Sophia.

– Jag söker socialsekreterare Anneli Thored.

– Vad gäller det, frågade växeltelefonisten.

– Mitt namn är Johan Linder. Det gäller en uppföljning av ett tidigare ärende som hon var handläggare för.

– Jaha, ja, varsågod då.

Innan Johans telefon kopplades upp hann telefonisten förvarna Anneli Thored.

– Det är en man som söker dig. Johan Linder. Han finns med på en av de listor vi fått från chefen på misstänkta individer. Så var försiktig!

Anneli kände hjärtat bulta. Hon försökte samla sig för att låta så formell som möjligt när hon tog emot samtalet.

– Socialsekreterare Anneli Thored, sa hon och blundade.

– Johan Linder. Du kanske inte kommer ihåg mig, men om jag nämner de två små syskonen i Askim, Gustav och Sophia ...

– Ja, de minns jag mycket väl. Hur ... hur mår de? Och hur går det för er? Jag menar, det kan ju inte vara så lätt att så oförhappandes ta hand om två små barn, som dessutom måste vara svårt traumatiserade.

– Jo det går riktigt bra. De har funnit sig väl tillrätta hos mig, och vi trivs tillsammans. Men nu har det dykt upp ett problem, och jag tänkte att du kanske är rätt person att hjälpa mig.

Nu gäller det att vara lugn, tänkte Anneli. "Du kanske är rätt person..." hade han sagt. Lägg nu inte in för mycket i de orden!

– Du får väl berätta om problemet så får vi se, svarade hon så avmätt hon kunde.

– Förlåt om jag är för påflugen, men det betydde så mycket för mig när du hjälpte mig få vårdnaden om barnen, det gjorde mig så glad. Nu ser det ut som om skolan stänger dörren för både Gustav och Sophia. Jag har bara försökt på de närmaste skolorna än så länge, men det börjar bli ont om tid. Vet du möjligen om någon skola och förskola som kan tänkas vara mer öppen?

– Så långt jag förstår har du lagen på din sida. Det är ju fortfarande skolplikt i vårt land, och om det inte är platsbrist så har skolan ingen rätt att neka barnen att börja.

– Ändå är det just det man har gjort ...

– Okej. Jag ska göra ett försök att hjälpa dig. Jag tror att jag skulle kunna dra i några trådar. Och du ... Hon tvekade och sänkte rösten en aning. Jag hör av mig så fort jag vet något. Men ring inte hit är du bussig – att jag hjälper dig ligger lite utanför mina befogenheter, så vi får hålla det lite diskret så länge.

Hon var just på väg att trycka bort samtalet. Men hon hann uppfatta ljudet av en ilsken dörrklocka och ett svagt stönande i andra änden.

– Hallå! ropade hon. Försent. Hennes finger hade redan tryckt på avslutaknappen.

Inom några få sekunder hade hon slagit numret igen. Men nu var det bara en upptagetton hon fick i örat.

Det fanns bara en sak att göra. Hon tog bilnycklarna ur skrivbordslådan, låste dörren till kontoret efter sig och gick snabbt mot utgången. På receptionistens frågande blick svarade hon så lugnt hon kunde att hon tog tidig lunch eftersom hon hade ett speciellt ärende att uträtta.

12

Trafiken var tät på Västerleden. Tät men tyst. Precis som hennes egen knallröda Renault var de flesta fordon eldrivna. Hon noterade också att några av de bilar hon svepte förbi var förarlösa. Hon var helt ensam i vänsterfilen och nu var det hon som riskerade böter för fortkörning. Eller något ännu värre. Antagligen var det dåraktigt av henne, och förnuftet sa åt henne på skarpen att omedelbart sänka farten. Ändå fortsatte hon, driven av en obestämd känsla att hon inte kunde ta sig fram fort nog.

Eller inbillade hon sig bara? Kanske var hennes ärende inte alls brådskande?

Hon tryckte bort oron för vad det här skulle kunna kosta henne och vilka konsekvenser det kunde få för hennes karriär. Hon kanske äventyrade sin framtid. Men nu var det andra bevekelsegrunder som styrde henne. Hon vågade inte koppla in polisen, hon måste agera själv nu.

*

Han hade gått ut i tamburen och öppnat ytterdörren. Han hade hållit telefonen mot örat. Mer än så mindes inte Johan efteråt.

När han vaknade befann han sig i totalt mörker. Nästan omedelbart vällde en våg av smärta genom hela hans kropp. Han kämpade emot när han kände att han var på väg att sugas in i den barmhärtiga medvetslösheten igen. Han måste få klarhet i vad som hänt. Framför allt måste han veta vad som hänt Gustav och Sophia. Han kom ihåg att de varit på övervåningen när han pratade med Anneli Thored i telefon och hörde dörrklockan ringa.

Att han själv blivit nedslagen, misshandlad och uppenbarligen också bortförd var allt han just nu visste. Han rörde försiktigt först på huvudet, sedan på händerna, armarna och benen. Den intensiva smärtan hindrade honom att sätta sig upp. Men inget verkade brutet. Ytterst långsamt började ögonen vänja sig vid mörkret och han kunde ana sig till rummets konturer. Det var kallt och fuktigt. Kanske en källare eller garage? När han flyttade högerhanden en bit ut på det kalla stengolvet kände han att han rörde vid ett föremål. Efter några sekunder förstod han vad det var: hans mobiltelefon! Han lyckades komma åt startknappen, och då såg han att den inte var avstängd. Och det fanns fortfarande lite kraft kvar i batteriet! Han kan alltså inte ha varit medvetslös särskilt länge och han kunde heller inte befinna sig långt hemifrån.

Han frös men försökte ändå slappna av för att lindra värken. Telefonen hade han knappast någon nytta av här, det fanns säkert ingen täckning. Men han kanske kunde använda telefonens ficklampa och få en uppfattning om det här stället! Om nu batteritiden räckte till för det.

Han lät ljuset svepa runt. Plötsligt ryckte han till. En bit bort såg han tydligt konturerna av ett paket eller ett bylte. Han hasade sig närmare, stönade på grund av värken och blundade hårt. Vilade några sekunder och öppnade ögonen. Byltet såg ut att vara en människokropp! Var han inte ensam här? Hade han en olycksbroder? Han vred på huvudet och tyckte sig ana ett liknande bylte strax bredvid. Och där, där var ett till! De låg som spridda kollin på det hårda golvet.

– Hallå! Trots att han ropade med låg röst studsade ekot tillbaka. Men han fick inget svar. Lampan i telefonen slocknade.

Han fortsatte att släpa sig fram, decimeter för decimeter, i den riktning där han sett det närmaste byltet ligga – eller om det nu var en kropp. Till slut nådde han fram med sin hand. Nu var det ingen tvekan längre, det var en människa! Han trevade på kroppen tills han lyckades hitta en handled. Han kunde känna en svag puls. Nu kunde han bara hoppas att den andre skulle vakna upp ur medvetslösheten. Då nåddes hans öron av det ekande ljudet från ett lås som vreds om någonstans bakom honom.

*

Anneli Thored bromsade in utanför huset. Två smala höga tujor stod givakt på var sin sida om grinden och skymde sikten mot ytterdörren. Hon fortsatte långsamt en liten bit och parkerade strax bortanför tomtgränsen. Hon gick ur bilen och gick sedan tillbaka mot grinden, öppnade den, gick lugnt in genom den, men med alla sinnen på helspänn. Hon lät grinden stå öppen och fortsatte på den stenlagda gången fram mot husentrén. På villans tak, som sluttade brant ända ned mot den lilla verandan, fanns det precis som på de flesta andra hus flera solpaneler. Fasaden på framsidan var klädd i svart natursten.

Hon tvekade någon sekund innan hon försiktigt kände på dörrhandtaget. Dörren var olåst. Hon öppnade och tog ett avvaktande steg in i den trånga hallen. Det tycktes inte finnas något onormalt, hallen såg precis likadan ut som vid hennes förra besök. Hon smög ljudlöst längre in i huset. Plötsligt stelnade hon till – det fanns någon där. Känslan av att hon inte var ensam var inte stark men tydlig.

Ett kvävt flämtande ljud kom inifrån vardagsrummet. I nästa ögonblick tog hon ett snabbt steg ut ur hallens halvmörker och gjorde sig synlig för Gustav och Sophia. En sådan lättnad!

*

Ljuset från en ficklampa fladdrade hastigt fram och tillbaka över golvet. Johan rörde sig inte. I ögonvrån såg han att den starka ljuskäglan träffade flera bylten i närheten av honom. En obehaglig känsla av att han befann sig i ett kallt och mörkt och kusligt väntrum grep honom. I väntan på vad? Hur många och vilka delade han denna väntan med? Vad betydde de dova dunsarna han hörde? En fot som sparkade på medvetslösa människokroppar!

65

Vilken sekund som helst skulle det vara hans tur. Han stålsatte sig för smärtan, knep ihop både läpparna och ögonen så hårt han kunde. Försökte få resten av kroppen att slappna av. Han räknade till tio, då hörde han ljudet från nästa dova duns ett bit längre bort. Han räknade till trettio, och under tiden kunde han uppfatta ytterligare några dova dunsar, hela tiden allt längre bort från honom.

Inget fladdrande ficklampsljus träffade honom. I stället ... det var plötsligt som om ett ljus av ett helt annat slag omslöt honom, ett varmt och mjukt ljus. Det verkade som om det gjorde honom osynlig för andra. Som en filt som lades på honom. Var kom det ifrån? Varför kände han sig med ens så lugn? På något mystiskt sätt var det som om ett stycke himmel bara damp ned just där han låg, mitt på denna gudsförgätna plats.

Kunde det ha något med Agneta att göra? Och Jenny? Även om det trotsade all logik var det den enda förklaringen han kunde komma på.

– *Tack* ...

Den svaga viskningen kom inte från hans mun. Han förstod till sin häpnad att den kom från "byltet" intill honom, där han nyss uppfattat ett svagt livstecken. Förundrad såg han samma varma, strålande ljus omge hans olycksbroder.

Ljuset tonade bort, men värmen fanns där fortfarande. Och lugnet. Han hittade mannens hand, och denne drog hans hand först till sin mun och sen till hans ena öra. Johan förstod. Med hjälp av armbågen hävde han sig försiktigt upp tills hans öra var nära den andres mun.

– Jag har blivit kristen, viskade han nästan ljudlöst. Det är därför de tog mig.

– Vilka "de"? viskade Johan tillbaka.

– De är någon slags ordningspoliser, eller hemliga agenter, regeringens förlängda arm för att hålla samhället rent från bråkstakar. Sådana som du och jag.

Johan hörde att mannen fick allt svårare att få fram orden. Han måste få veta varför den här mannen blev en kristen. Och hur.

–Så du ... du är alltså troende?

Det var tyst i flera sekunder. Johan trodde nästan att mannen hade förlorat medvetandet igen. Kanske hade han dött. Men så kom orden, mycket svagt och stötvis – och varje ord brann:

– Ja, jag är troende, jag och flera andra i den här lokalen! Vi hade allihop någon vän eller familjemedlem som försvann den där dagen, och de hade en sak gemensam: de var troende. Vi förstod, fast det ju var för sent, att tron på Guds Son är det enda hållbara i denna galna värld. Vi fattade ett gemensamt beslut att bekänna Jesus som Herre.

– Det var nog det svåraste jag gjort. Ett rent viljebeslut. Tomheten försvann inte. Inte minsta gnutta frid. Men vi hade gjort vårt val och visste att det var rätt. Vi hjälpte varann, stöttade varann. Någon hittade en bibel och vi läste den i hemlighet så ofta vi fick chansen.

– Allt vi fick ut av det var lidande, förföljelse. Ändå ångrar jag inte en minut. Jag vet att Jesus är sanningen.

Det hade kostat på för mannen att säga allt det här. Han hade gjort långa pauser mellan meningarna, och de sista orden väste han fram. Johan kunde inte se hans ansikte, han bara kände övertygelsen och glöden i hans ord.

Sedan var mannen tyst. Inte ett ord mer, inte ens ett andedrag. Han var död. Men det han hade sagt hade hittat in i Johans inre.

Det var återigen lika tyst och mörkt i rummet som när han vaknade upp ur medvetslösheten. Men något var väldigt annorlunda. Vad man än kunde säga om det här stället, så inte var det en gudsförgäten plats. Det var kanske en kyrka! En plats där en smula himmel landat på ett hårt, kallt jordgolv.

Vila i frid ... broder.

13

Gustav försökte vara modig. Han berättade med tillkämpad självsäkerhet om det som hänt. Eller rättare sagt, det lilla han förstod av det som hade hänt. Sophia däremot grät och nickade bara bekräftande. Anneli anade att de var lika rädda båda två. Hon log inom sig när Gustav sa "pappa" om Johan.

– Vi hörde att det ringde på dörren och kikade ner från trappan. Pappa öppnade, och då ... slog de honom. Jättehårt. Och sen drog de ut honom. Vi tittade i fönstret och såg att de tog in pappa i en stor svart bil och körde iväg. Sen gömde vi oss här bakom soffan.

Anneli visste inte vad hon skulle göra. Barnens berättelse tog ett struptag på henne själv, rädslan och oron för Johan berörde henne djupare än hon ville erkänna. Men hon förstod att hon måste låta de två små barnens säkerhet komma i första hand. Vad skulle hon göra med dem?

Sådana här situationer hade inte hennes långa imponerande utbildning förberett henne för!

– Gustav, har du sett pappas telefon? Hon tänkte inte på att hon nu själv talade om Johan som "pappa". Gustav skakade på huvudet.

Nej, det var förstås smart av de där ligisterna att plocka med sig telefonen, han hade ju haft den mot örat när han öppnade dörren. Hon försökte desperat komma på vad hon skulle göra. Polisen var inget alternativ i denna maktgalna, korrupta värld. Kanske Johans telefon kunde vara en möjlighet! Riskabelt förstås, men det enda hon kunde göra just nu. Om hon ringde upp hans nummer ... Skulle han svara? Omöjligt att veta. I vilket fall som helst skulle hennes egen

GPS fånga upp signalen från hans telefon och lokalisera den. Förhoppningsvis fanns den på samma plats som han! Risken fanns förstås att de där skurkarna hade tagit Johans telefon. Om de svarade skulle de få signalen från hennes telefon, och de skulle kunna läsa av hennes position hela vägen och bjuda henne på ett varmt mottagande ... Den nya GPS-funktion var fantastisk, men den var också farlig i orätta händer. Men hon måste ta risken!

Gustav och Sophia då? Hon hade huvudstupa hamnat i en situation där ansvaret för två barn lagts på henne, och hon kunde bara inte fly från det. De stod där framför henne, höll varandra i handen. Gustav hade blicken mot golvet, en slinga från den blonda kalufsen hade fallit ned i pannan, munnen var hårt ihopknipen. Sophia, huvudet kortare än sin bror, det nästan midjelånga blonda håret var i behov av en hårborste, hennes ögon var intensivt fästade på henne, fyllda av vädjan och ängslan: "Snälla, lämna oss inte här."

– Är ni hungriga?

De skakade på huvudet.

Plötsligt fick hon idé. Den kanske kunde fungera, även om den också innebar en risk.

– Gustav, har du egen telefon? Han nickade.

– Skulle du vilja ringa till pappa?

– Jag har redan gjort det. Innan du kom. Men han svarade inte.

– Får jag se på telefonen?

*

Några minuter senare startade Anneli sin Renault. I baksätet satt Gustav och Sophia. Nästan framme vid första gatukorsningen var de nära att kollidera med en svart van som i hög fart svängde in på deras gata. I backspegeln såg Anneli att den stannade utanför Johans hus. Två män klev ur och sprang mot huset.

Var det barnens tur att bli hämtade nu? Det hade de i så fall ingenting för! Hon hade hunnit före, och nu var hon på väg, hon och barnen, till det ställe där Johan var. Eller i alla fall hans telefon. Signalen,

69

som Gustavs telefon hade registrerat när han ringde till Johan, var svag men tillräckligt tydlig.

Gode Gud, hjälp oss att hitta honom, bad Anneli tyst.

Hon kunde sitt Göteborg. Hon visste precis hur hon skulle köra till det område som GPS:n hade angett. Det låg i den del av stan som man brukade kalla "Inom vallgraven", och det såg ut som om Esperantoplatsen var den exakta lokaliseringen. För flera år sedan hade hon deltagit i en stadsvandring, och guiden hade förklarat att under gatunivån i denna del av staden gömde sig ett stort antal underjordiska rum som en gång gjort Göteborg till en av Europas bäst rustade städer under krigstider. Där hade man bland annat förvarat ryska krigsfångar.

Det var den sortens information som nu dök upp i Annelis medvetande och fick henne att känna rysningar i hela kroppen. Var det något liknande som Johan utsatts för? Krigsfånge i underjorden? Det vore väl ett smart sätt för en cynisk, känslolös regering att göra sig kvitt oönskade individer ...

Plötsligt slog insikten ned som en bomb i hennes huvud. Hennes knallröda Renault ... Den fanns naturligtvis registrerad i deras kontrollsystem, infångad av en hel räcka med kameror under hennes oförsiktiga körning nyss mellan jobbet och Johans hus! De skulle mycket väl just nu kunna sitta och följa hennes körning in mot stan ...

I baksätet satt två små syskon. Tysta, sammanbitna, med varsin mage fylld av oro.

14

Det övernaturliga ljuset som nyss hade skyddat Johan hade försvunnit. Hans telefon var också borta. Däremot var det där hotfulla strålkastarljuset tillbaka, det som missade honom för en stund sedan! Han försökte skydda ögonen med armen när ljuskäglans kalla, skarpa sken träffade hans ansikte. Två män sprang fram till honom och tog tag i hans armar och drog upp honom på fötter. Han stönade av smärta men lyckades ändå stå upprätt. Då upptäckte han till sin förvåning att åtminstone en av "männen" var kvinna. Han kunde inte se dem eftersom det starka ljuset var riktat mot honom, men det var en kvinnoröst som tilltalade honom.

– Johan Linder? Han nickade svagt. Kom med här!

Han släpades bort i riktning mot en dörr i lokalens ena sida. Dörren ledde in till ett mindre rum, svagt upplyst av små lampor som var inbyggda i väggarna. Fem män i svarta rockar stod stelt uppradade längst bak i rummet. Deras orörliga ansikten matchade väl stenväggen bakom dem. I mitten stod ett fyrkantigt bord med två stolar på ena sidan och två på den motsatta sidan. Johan praktiskt taget knuffades ned i en av stolarna. Han bet ihop, men lyckades inte helt hålla tillbaka ett svagt jämmer när hans rygg pressades mot ryggstödet.

En av männen med stenansiktena tog ett steg närmare Johan.

– Vi tvingas vidta speciella åtgärder mot dig, sa han med entonig, iskall röst. Vi har nämligen anledning tro att du hyser betänkligheter gentemot det nya styret av vårt land. Din illojalitet har gjort dig till en folkets fiende, och därför måste du omskolas.

71

Kvinnan som hade lett honom in i rummet ställde sig bredvid stenansiktet, såg Johan rätt i ögonen och lät ett svagt leende spela över läpparna.

– Trodde du att det var av välvilja som vi lät dig adoptera den döda kvinnans barn? Nej, min vän, en sådan missriktad godhet ägnar vi oss inte åt. Vi gjorde det därför att det blev ett behändigt sätt att hålla koll på dina förehavanden! Så din önskan om att få ansvaret för barnen passade oss som hand i handske! Kontakt med skola, barnomsorg och så vidare gör det ju omöjligt för dig att hålla dig undan samhället om du skulle känna för det. Fast du hade förstås ändå inte kunnat gömma dig för statens vakande ögon. Nu blev det bara så mycket enklare för oss.

I Johans ögon påminde kvinnan om Anneli Thored, socialsekreteraren som hjälpt honom med barnen och därigenom ofrivilligt bidragit till att försätta honom i den här situationen. Den här kvinnan var längre och förmodligen något äldre, men både till utseende och hållning liknade de båda varandra.

Plötsligt slog tanken honom: Var Anneli också inblandad i det här? Hade hennes älskvärdhet och hjälpsamhet varit spelad? Han ville inte tro det, men misstanken hade fått fäste i honom.

Och vad menade de här människorna med att han var en illojal samhällsmedborgare? En folkets fiende? Vad hade han gemensamt med de andra människorna som förts till den här platsen? Och varför hade han besparats misshandeln nyss därinne i mörkret?

Han måste få veta vad han var anklagad för så att han kunde försvara sig!

Han måste få veta vad som hänt med Gustav och Sophia!

Medan frågorna staplade sig på hög i hans värkande huvud hade kvinnan och "stenansiktet" fler saker att säga till honom, men han orkade inte lyssna. Det blev som ett otydligt mummel långt borta. Han var på väg att förlora medvetandet igen. Hans sista tanke innan han föll av stolen var att han måste fråga var barnen fanns.

*

72

– Sophia och Gustav! Vi stannar här vid tågstationen och lämnar bilen här. Sedan ska vi åka spårvagn en bit.

Anneli försökte låta glad, som om de var ute på ett äventyr tillsammans. Men det här var knappast den sortens äventyr som hon önskat bjuda dem på. Typ Liseberg ...

Hennes plan var att lämna bilen vid Centralen och sen gå in till vänthallen. Det skulle se ut som om de var på flykt bort från stan, om det nu var någon som hade koll på dem i övervakningskamerorna. Sedan skulle de blanda sig med folkströmmen mot Nordstan och därefter ta spårvagnen till Grönsakstorget vid Pedagogen. Där någonstans, i området mellan Pedagogen och Esperantoplatsen, måste Johan finnas. Chansen att de skulle hitta honom var kanske inte särskilt stor, men de måste försöka.

Hur stor var chansen att de lyckats skaka av sig eventuella förföljare? Hon måste "glömma" telefonen på Centralen så att ingen kunde spåra dem. Men först måste hon använda den för att köpa något att äta, barnen var säkert minst lika hungriga som hon själv.

Det var redan sent på eftermiddagen, men augustisolen var fortfarande plågsamt varm när Anneli lyckades hitta en plats på långtidsparkeringen. Hon betalade med mobilen, kastade en blick på övervakningskameran en bit bort och öppnade dörren till baksätet.

– Går spårvagnen till pappa, frågade Sophia.

– Ja. Kanske.

73

15

Anneli hade fortfarande kvar ett gammaldags månadskort för kollektivtrafiken i Göteborg, och spårvagnsföraren hade godkänt det efter lite diskussion. Så nu befann sig de tre äventyrarna på Grönsakstorget som badade i sensommarsolen som så här dags hunnit rätt långt på sin dagliga resa över himlen.

Det var inte mycket folk på torget, bara en liten grupp turister som med sin guide var på väg uppför den breda trappan mot Pedagogen, en vacker byggnad i en lite annorlunda arkitektonisk stil som inrymde en del av Göteborgs universitet. Anneli mindes sin egen stadsvandring några år tidigare och skyndade på stegen för att hänga på. Hon gissade att nästa uppehåll för turistgruppen skulle bli den lilla oansenliga öppningen i muren på andra sidan Pedagogen som ledde rätt ned i underjorden. Där nere fanns de rum som under tidigare århundraden varit så betydelsefulla för försvaret av Göteborg i krigstid.

Det var detta som var hennes mål, hennes och Gustavs och Sophias mål. Nu gällde det bara att smita in i gruppen därframme. Barnen var trötta, men de försökte tappert att hålla hennes tempo. De visste ju att Johan fanns någonstans åt det hållet, den ende som stod dem nära i livet, den som de nu fick säga pappa till.

När de rundat Pedagogens nordvästra hörn kunde Anneli se flera polisbilar och ett par arbetsfordon längre ned nära bron över kanalen. Det såg ut som om ett område vid bron var avspärrat. Hon funderade inte på vad anledningen kunde vara, inte heller reflekterade hon över den hastiga vindökningen och de mörka molnen som tornade upp sig

74

på västerhimlen. Hon var alltför upptagen med att hinna fram till den lilla turistgruppen som nu svängde in på Sahlgrensgatan. Där, visste hon, fanns ingången till Göteborgs undre värld.

Hon och barnen var nästan framme när den kvinnliga ciceronen satte en nyckel i det rostiga hänglåset på den låga gallergrinden. Där innanför gömde sig en hemlighetsfull värld med mörka gångar som slingrade sig som ormar mellan flera enorma, bombsäkra bergrum med ansenlig takhöjd, ett stort antal mindre rum utspridda på olika håll samt ett nät av steniga tunnlar, här och var avbrutna av små schakt vars väggar och tak var förstärkta av bjälkar. Alltihop fanns där, strax under gatuplanet mitt inne i Göteborgs innerstad.

Om några år, när Sophia och Gustav hunnit upp i tonåren, skulle en del av denna gamla hemlighetsfulla, mörka värld vara borta och ha ersatts av Västlänkens supermoderna, magnifika underjordiska järnvägsvärld, nedsänkt under jord i en enorm, strömlinjeformad tunnel. Så var det bestämt. De omfattande och rigorösa förberedelserna var redan i stort sett avklarade, och grävarbetena och sprängningarna hade pågått ett bra tag. Den strida strömmen av kritiska och oroliga röster, som under lång tid så gott som dagligen hade tagit plats på tidningarnas insändarsidor, på sociala medier och i debattprogram i lokalteve, hade så småningom ebbat ut.

Ännu återstod mycket innan de storstiliga planerna var i hamn. Ännu var den gamla hemlighetsfulla undre världen från det historiska Göteborg intakt. Men dess törnrosasömn var hotad.

En efter en i turistsällskapet böjde sin rygg och följde efter guiden in i tunneln. Anneli tvekade, men bara några sekunder. Under de sekunderna hann ett antal protester storma in i hennes medvetande för att omedelbart bemötas av hennes hjärta. Varför skulle hon söka efter Johan Linder just där, i underjorden? GPS:n hade visat på kvarteren runt Esperantoplatsen, och det var ett stort området. Det fanns så många andra ställen att söka på. – Jovisst, men ett mörkt, kallt underjordiskt bergrum var å andra sidan den perfekta platsen för en skrupelfri, havererad rättsstat att gömma undan obekväma individer på. Hon kände instinktivt att hon var på rätt spår, och hon hade faktiskt ingen annan idé om var hon skulle söka. Om nu den här öppningen i muren ledde henne närmare den plats där hon kände att Johan fanns fick hon inte missa den!

Men ett sådant här skrämmande, otäckt ställe var väl ändå högst olämpligt att ta med sig två små barn på? – Jo, antagligen, men barnen hade redan visat hur modiga och beslutsamma de var, och vilken rätt hade hon att inte göra allt för att hitta den person som var deras enda trygghet i livet?

Men du själv då, Anneli Thored, vilka skyldigheter har du egentligen att engagera dig och sätta din karriär på spel för ett sådant här uppdrag? – Jo, faktiskt, jag har alla skyldigheter i världen att utföra det som mitt hjärta begär! Hur skulle jag kunna förvägra mitt hjärta det som det har förvägrats under alla mina år fram tills nu?

Hon visste att guiden skulle räkna deltagarna i sin grupp innanför grinden och sedan låsa den från insidan. Även om hon och barnen hann smita in tillsammans med de andra fanns det tillräckligt med ljuskällor i den fuktiga tunneln för att det skulle vara omöjligt att gömma sig. Hon måste helt enkelt chansa på att ledaren för gruppen skulle godkänna att den växte med tre deltagare. De kunde väl inte få mer än nej?

– Är pappa där inne? Sophia pekade mot grinden samtidigt som de två sista i gruppen försvann i öppningen.

– Jag vet inte. Det är det vi måste ta reda på, svarade Anneli. Ta Gustav i handen, så går vi in vi också!

Ett par steg, så hade de lämnat en fortfarande soldränkt gata bakom sig och trätt in i fukten, kylan och mörkret som bara delvis skingrades med hjälp av små glödlampor utefter tunnelväggarna.

*

Bara ett hundratal meter därifrån, nära Viktoriabron, stod några poliser innanför avspärrningen och undersökte en spricka i muren. Den hade upptäckts bara ett par timmar tidigare, och sedan dess hade den vuxit med åtskilliga centimeter.

76

– Jag tycker inte om det här, sa en hastigt tillkallad geologisk expert. Med tanke på det stigande vattenståndet i kanalen och älven kan jag inte annat än att råda er att evakuera hela det här området tills vi hunnit bedöma riskerna för ras i bergrummen och tunnlarna under oss. Alla grävarbeten och sprängningarna för Västlänken kan ha minskat berggrundens bärkraft. Jag vågar inte utesluta risken att en stor del av de här kvarteren kan kollapsa.

Ett åskmuller borta i väster tycktes stryka under hans ödesmättade ord.

*

– Det ser ut som om kvinnan har tagit med sig barnen med tåg till någon annan ort. Vi tappade spåren på Centralstationen.

– Aj då. Det hade ju förstås varit enklare för oss om vi haft ungarna som gisslan, fast vi ska nog klara det ändå. Men om kvinnan kommer undan får vi svårt att förklara det för chefen.

Johan hade vaknat till så pass att han hörde de sista kommentarerna. Han låg på rygg på det ojämna golvet längst in mot den skrovliga väggen. Han hade en filt under sig och en över sig. Det kunde inte ha varit många minuter som han varit medvetslös, och så långt han förstod var det samma människor i rummet som förut. Det var kallt, det droppade från taket, och hans huvud värkte.

Vilka var kvinnan och barnen de pratade om? Kunde det vara den där socialsekreteraren, Anneli Thored eller vad hon nu hette? Och barnen, kunde det vara ... Gustav och Sophia!? Hade hon stuckit med dem? Vad kommer att hända med dem nu? Och med mig? Och de här människorna, vad ville de egentligen? Omskolning hade de pratat om, vad nu det kunde betyda.

– Är någon av de andra därute i hallen fortfarande vid liv?

Nu var det en kvinnoröst han hörde, säkert samma kvinna som fört in honom i det här rummet.

– Ja, ett par, tre stycken. Dom får vi ta itu med sen när vi är klara med den här killen.

77

Johan låg stilla för att lyssna på deras samtal. Han försökte få liv i sina domnade fingrar genom att böja dem en efter en, och han sträckte försiktigt på fötterna som kändes iskalla. Från väggen ovanför honom rann små rännilar av vatten, och flera av dropparna från taket träffade honom i ansiktet. Plötsligt tyckte han att det såg ut som om rännilarna växte och blev fler. Takdroppet ökade hastigt och blev till små vattenströmmar. Han förstod att detta inte var normalt och tänkte göra de andra i rummet uppmärksamma på det. Men i samma ögonblick såg kvinnan vad som var på väg att hända.

– Hallå, det läcker in vatten!

– Ingen fara, svarade en av männen, det brukar sippra in vatten från vallgraven när vinden ligger på ordentligt från havet.

– Jovisst, men inte så här mycket! Och titta, nu börjar stenar att lossna också. Väggarna spricker, vi måste ut härifrån!!

*

Anneli var helt oförberedd på guidens reaktion. Det första intrycket av proffsighet och vänlighet förbyttes i sin motsats när hon upprört svor till och spände sina blixtrande ögon i Annelis:

– Hur kan du ens inbilla dig att det bara går att hänga på utan biljetter! Och ta med två ungar dessutom! Förstår du inte att det är farligt för småbarn att vistas här?

Hon tog ett steg mot den låsta grinden. Det var tydligt att hon tänkte mota tillbaka de tre snyltgästerna ut på gatan igen. Men plötsligt hejdade hon sig, vände sig mot Anneli och sa, uppenbart skuldmedveten:

– Å, förlåt. Jag var väldigt ohövlig mot er, så får man ju bara inte bete sig. Men det var barnen ... Jag har själv barn och jag skulle aldrig våga ta dem med mig hit. Självklart är det du som bär ansvaret för dina barn. Och jag råkar faktiskt ha några biljetter över. Men med tanke på barnen kan jag inte tillåta att ni följer med. Men du, snälla, rapportera inte om mitt olämpliga uppträdande. Det kunde bli ödesdigert för mig.

Men Anneli tänkte inte ge sig.

– Barnen och jag vill väldigt gärna se de här bergrummen. Om du inte låter oss följa med så vet jag faktiskt inte hur jag ska kunna låta bli att anmäla ditt otrevliga bemötande mot oss.

– Okej, men om du ska kunna följa med oss in i tunneln måste jag få ditt namn och telefon. Barnens namn också. Och så måste du skriva under att du själv tar hela ansvaret för barnens säkerhet.

Anneli skulle just säga sitt namn men hejdade sig. Guiden var trots allt en statsanställd, och att sätta sitt namn på hennes lista kunde bli riskabelt. Hon hade ju just försökt sopa igen spåren efter sig, och nu var hon på väg att sätta dit dem igen. Dessutom skulle hennes namn kunna sättas i samband med en viss pastor om det kom inför myndighetsögon: hennes försvunne bror. Det kunde försätta henne i en besvärande situation, en situation som redan nu var rätt ömtålig på grund av hennes inblandning i Johans adoption av Gustav och Sophia.

– Jag heter Helena Fredriksson, och barnen heter Anton och Lisa.

Guiden antecknade namnen, räckte över tre biljetter till Anneli och tog sedan täten för den lilla gruppen. In i den sluttande tunneln med sitt välvda stengolv och skrovliga väggar. Allt djupare in i jordens inre.

16

Alexander Thorsson tittade hastigt över axeln medan han skyndade fram mot Pedagogens rundade glasfasad. Han hade en mörkgrå keps på huvudet för att dölja sin röda kalufs, som annars var ett mycket iögonfallande signalement på denne gänglige yngling. Han ville inte bli iakttagen just nu. Det var inte det att han var ute i något tvivelaktigt ärende, moraliskt sett, som han hade skäl att skämmas för. Tvärtom ansåg han själv. Men i lagens mening var han i färd med att begå en brottslig handling. Och den person han var på väg för att träffa var i ännu högre grad en lagbrytare. Han hade all anledning att hålla sin existens hemlig för dem som styrde det här landet. Om polisen upptäckte Ali skulle han omedelbart utvisas till Afghanistan, och där väntade en dödsdom på honom på grund av hans engagemang i motståndsrörelsen mot regimen där.

Alexander var fullt på det klara med att det inte längre fanns något utrymme i den svenska migrationslagen som gav amnesti åt särskilt utsatta flyktingar. Allt som andades främmande nationstillhörighet betraktades som kriminell verksamhet. Och den som ertappades med att visa solidaritet med illegala flyktingar riskerade också att få kännbart straff.

Han förstod vad följden skulle bli för hans del om han påträffades tillsammans med Ali. Med all sannolikhet skulle han bli relegerad från universitetet, där han just påbörjat sin tredje termin på *Sports Coaching*-programmet, och varje möjlighet till ett jobb som idrottslärare skulle då vara förlorad.

Det var sin utstakade framtid som han satte på spel när han nu var på väg för att träffa Ali. Vad Ali beträffade bestod insatsen av hans eget liv.

*

Deras första möte hade skett av en ren slump. En kylig morgon med duggregn i mitten av maj hade Alexander kört genom Götatunneln österifrån på väg till en föreläsning i Pedagogens C-hus. Det var den sista föreläsningen för terminen och den var viktig. Alla vägarbeten och avstängda gator i samband med Västlänkens genomförande hade fått honom att välja trafikleden genom tunneln för att vinna tid. Det var en längre väg, men för tillfället var den mer framkomlig. Strax innanför vägtunnelns västra mynning hade han sett någonting ligga vid sidan av körbanan. Han hade saktat in och hade då fått se en hand sticka ut under en hög av filtar. Han hade kört vidare, men åsynen av en människohand hade inte lämnat honom, och han visste att han helt enkelt inte kunde fortsätta till universitet utan att ha kollat vem som låg där. Andra kunde strunta i en hemlös eller olycksdrabbad stackare vid vägkanten, men inte han. Den där handen skulle sträcka sig efter honom hela dagen och inte ge honom någon ro. Den viktiga föreläsningen fick faktiskt maka på sig den här gången.

– Så mycket enklare livet hade varit om jag aldrig hade smittats av den där ansvarskänslan när jag vickade på *Nytt Perspektiv* förra sommaren, hade han tänkt när han körde in på första bästa parkeringsplats utanför tunneln.

Det var innan han började sina universitetsstudier som han hade sommarjobbat på den kristna tidningen mitt i stan, inte för att han hade så mycket till övers för kyrkan och kristendomen, utan för att hans intresse för journalistik var nästan lika stort som för idrotten. Han hade slagit dövörat till för sina medarbetares kristna tro, men han hade tagit djupt intryck av deras engagemang för medmänskliga och humanitära värden.

– Jag är förmodligen smittad för livet, och det är tydligen obotligt, hade han sagt till sig själv när han började gå tillbaka så snabbt han kunde mot tunneln.

Handen han sett under den trasiga filten visade sig tillhöra en mycket smutsig och härjad ung man, gissningsvis runt tjugo år gammal. Alexander hade efter viss möda lyckats få liv i mannen, vars ögon lyste av rädsla. När Alexander lyckats lugna honom hade han pekat på sig själv och sagt: Alexander.

– Ali, hade pojken svarat och lagt till: From Afghanistan.

Trafiken hade varit tät, men ingen hade stannat för att hjälpa till. Väl medveten om vad den nya lagen påbjöd hade Alexander tagit den unge afghanen med sig till bilen och sedan kört därifrån. Han hade hela tiden pratat vänligt till honom på engelska och hoppats att han på det sättet skulle få grabben att känna sig något så när trygg. Antagligen hade han inte förstått särskilt mycket av det Alexander pratat om.

Alexander hade haft ett speciellt mål i sikte. Längst in i parkeringsgaraget under Esperantoplatsen fanns en dold ingång till en trång tunnel, en fortfarande okänd del av det omfattande tunnelsystemet under jord. Alexander hade upptäckt den, alldeles nära den välkända bastionen Carulus Rex, när han vid ett tillfälle hjälpt till med att guida turister på stadsvandringar i innerstan. Han var rätt säker på att denna undangömda plats skulle förbli dold. Det var helt enkelt det bästa tänkbara gömstället för en ensam oönskad afghansk pojke.

Med hjälp av kroppsspråket hade Alexander till slut fått den unge flyktinggrabben att förstå att detta var en trygg plats att gömma sig på, att han strax skulle vara tillbaka med lite mat och torra kläder och filtar, och att han, Ali, inte skulle vara rädd. Det där sista var ju förstås lätt för honom, Alexander, att säga ...

Det var oundvikligt att detta första, märkliga möte mellan en rödhårig svensk universitetsstuderande och en svarthårig afghansk flyktingpojke, brännmärkt av krig och fattigdom, måste få en fortsättning. De var två motpoler som drogs till varandra. Under tre sommarmånader växte en trevande och riskfylld vänskap fram. Som att balansera på en spång över en vild fors som hela tiden var beredd att sluka dem. Eller som att dansa på lina utan skyddsnät. Vid några tillfällen vågade Alexander ta med sig Ali hem till sin lilla lägenhet i Olskroken. Andra gånger träffades de i något av de underjordiska bergrummen där de delat en enkel måltid i det fladdrande skenet från ett par stearinljus. De hade till och med mötts i någon park, där riskerna låg i ena vågskålen och Alis behov av sol och frisk luft låg i den andra. Tålmodigt lärde sig Ali en hjälplig svenska med den lika tålmodige Alexander som lärare. Alis historia tog långsamt form under dessa månader.

Det var under kaoset veckorna efter den besynnerliga händelsen på vårkanten, då en hel värld försattes i ett tillstånd av chock, som Ali lyckades ta sig genom Europa och över den svenska gränsen för att till slut dyka upp i Göteborg. I början av flykten från hemlandet hade han haft två vänner med sig, men efter att det bländande ljuset hade överraskat dem när de befann sig någonstans i Turkiet var de andra två bara borta. Ali såg dem aldrig mer. Under sin ensamma flykt genom Europa hade han livnärt sig på vad han kunnat hitta bland sopor och i containrar. Varje gränsövergång hade varit ett livsfarligt vågstycke, men den väldiga anstormningen av desperata flyktingar hade gjort det omöjligt för de alltför få gränsvakterna att upprätthålla en vattentät kontroll. Ali var långt ifrån ensam om att kunna utnyttja kaoset och ta sig igenom. Den svenska gränsen hade han passerat på Öresundsbron, uppkrupen i hjulhuset på en buss. Fyra dagar senare hade han stapplat fram på Göteborgs gator i skydd av nattmörkret för att helt utmattad sjunka ihop alldeles innanför mynningen till Götatunneln. Där hade han gett upp. Hans enda förhoppning hade varit att döden skulle hitta honom innan polisen gjorde det.

Hur länge han legat där i mörkret, fukten och avgaserna innan Alexander kom, visste han inte. Någon hade i alla fall lagt en filt över honom.

*

83

Denna augustidag hade Alexander och Ali bestämt att träffas för sista gången. Beslutet var sorgligt men nödvändigt. Alexander hade inga möjligheter att hjälpa Ali till en framtid i Sverige. De skulle heller inte i längden kunna hålla sin vänskap hemlig. Och när den avslöjades skulle det betyda katastrof för dem båda två.

Alexander hade tagit stora risker genom att träffa Ali och hålla honom gömd. Både människoögon och kameraögon kan mycket väl ha registrerat deras vänskap, kanske hade små trådar av misstankar redan börjat vävas samman. Han kunde bara hoppas på att det inte var så. Nu måste han bara en gång till få träffa sin afghanske vän och försöka ge honom några sista råd. Han önskade bara att Ali inte skulle se hans ångest över att inte längre kunna göra något för honom.

Med de dystra tankarna inom sig passerade han Pedagogens A-hus och svängde in på Magasinsgatan i riktning mot kanalen, förbi den byggnad där han snart skulle börja höstterminen, Pedagogens C-hus. Det var onödigt att han rörde sig alltför målmedvetet och tog närmaste vägen till Ali, ifall det nu var så att någon var nyfiken på hans ärende.

När han kom fram till Sahlgrensgatan kastade han ett öga åt vänster och såg några personer gå in genom en av ingångarna till de underjordiska tunnlarna som fanns där. Med all säkerhet var det en grupp turister på stadsvandring. Han hade själv flera gånger gått in genom just den gallergrinden och visat folk runt i den spännande värld av gångar och stora och små utrymmen som gömde sig där innanför.

Så vitt han visste fanns det inga kameror uppsatta någonstans i tunnlarna. Inte än, i alla fall, tänkte han. Det skulle säkert inte dröja länge innan överheten hade täppt igen denna sista frizon undan dess allestädes vakande ögon.

Han la märke till att de två sista som gick in genom grinden var barn, och han undrade lite över det lämpliga i att ta med sig så små in i mörkret.

Själv svängde han åt höger utmed kanalen och fick då se några poliser stå vid en avspärrad del av gatan. Instinktivt valde han den motsatta sidan av gatan och skyndade vidare. När han väl nått fram till Feskekörka, den populära fiskhallen, slog han av på takten och såg ut att vara ute på en skön sensommarpromenad.

Fast kanske jag borde snabba på stegen, tänkte han när han såg molnen som tornade upp sig på västerhimlen och kände motvinden hastigt öka.

17

Guiden ledde den lilla gruppen långsamt allt längre in i tunneln. Hela tiden berättade hon om hur denna undangömda värld under århundraden tillbaka tjänat det västsvenska försvaret mot angripare utifrån. Anneli kände spänningen öka ju närmare de kom de bergrum och grottor hon visste fanns utspridda i tunnelsystemet. Hon kände Sophias hand hålla ett hårt tag i hennes. Gustav gick nära henne på andra sidan, fast när tunneln smalnade fick han gå bakom. Barnen sa ingenting men hon kände tydligt deras ängslan. De huttrade lite i den kyliga och fuktiga luften.

Tunneln vidgades och guiden pekade mot en stängd port en bit bort. Den påminde om dörren in till ett skyddsrum.

– Rakt framför oss har vi ett av de större bergrummen. För tillfället används det för andra ändamål, så det är avspärrat just nu. Vi har tyvärr inte tillåtelse att besöka det. Men till höger finns en spännande gång som leder oss till en grotta som är belägen nästan mitt under Feskekörka. Den är väl värd ett besök för dess historiska betydelse, så jag föreslår att vi drar oss dithn.

Anneli tittade bort mot öppningen rakt fram, mot det utrymme som de inte skulle få se. Hon kände instinktivt att det var den plats de hade kommit hit för, hon och barnen.

Plötsligt kände hon en skakning under fötterna samtidigt som hon hörde ett mullrande ljud. Det påminde om ljudet från ett godståg som närmade sig.

*

86

Flera små stenar lossnade i väggarna i det lilla förhörsrummet djupt nere i underjorden. Vatten sprutade i en kraftig stråle från det ojämna stentaket ned över det lilla fyrkantiga bordet. Denna första vattenstråle fick efter några sekunder sällskap av flera, både från väggarna och från taket, samtidigt som sprickorna vidgades och allt fler stenar föll mot golvet. De sex männen och kvinnan rusade mot dörren, fick upp den och försvann ut i det stora bergrummet intill, där fortfarande ett antal "bylten" låg utspridda på golvet. Johan lämnades ensam i förhörsrummet som nu var nära att kollapsa.

Hans kropp var mer eller mindre obrukbar efter misshandeln. Men han ignorerade smärtan och lyckades ta sig upp på benen. Ett dovt muller tycktes komma närmare, och det spred sig i alla riktningar. Det ökade snabbt i styrka, och nu kändes vibrationerna tydligt. Stenarna regnade ned. Johan försökte värja sig och samtidigt släpa sig mot dörren.

Plötsligt föll en bit av den motsatta väggen ned. Johan förstod att rummet nu skulle rasa samman. Just i det ögonblicket, det sista i hans liv, gjorde han något som han bara gjort en gång tidigare, i somras, framför spegeln hemma i badrummet.

Han bad till den Gud som hans fru och dotter trott på.

– Gud, Agnetas och Jennys Gud, förlåt mig. Är din nåd så stor att du tar emot mig trots allt?

Benen vek sig under honom, och han ramlade ihop i en hög på golvet. Han jämrade sig högt, blundade och väntade på raset.

18

Ali satt i skräddarställning längst in i det mörka utrymme vid Carolux Rex-bastionen som varit hans hem i tre månader. Han väntade på sin enda vän i denna värld, den rödhårige, gänglige svenske studenten Alexander Thorsson. Snart skulle han inte ens ha denne vän kvar. Helt lämnad åt sitt eget öde, utan minsta idé om vart han skulle ta vägen. Den enda plats i hela världen där han kände sig trygg var denna trånga, fuktiga håla en bit under gatan mitt inne i Göteborg, men om han stannade här skulle han vara beroende av hjälp utifrån. Som Alexander. Och nu visste de båda två att det inte skulle kunna förbli så.

Ali tänkte tillbaka på den dag då han tvingades fly från Afghanistan. Det hade inte ens gått ett år sedan dess, men allt i hans liv hade förändrats, eller rättare sagt gått förlorat, efter den dagen. Det var när han vägrat avslöja för polisen var hans kristna vän höll sig gömd som han förstod att han måste fly från sitt hemland. Han delade inte vännens tro men respekterade honom och älskade honom som en bror. Hellre än att förråda honom flydde han tillsammans med honom och en annan kristen kamrat.

Efter fem månaders svåra strapatser hade de nått fram till den turkiska västkusten. Det var samma dag, den fasansfulla dagen, då hela världen överfölls av det skrämmande vita ljuset. När Ali kunde öppna sina ögon igen var hans båda flyktkamrater spårlöst försvunna. Sorgen la en iskall filt över Alis hjärta, men inte en tår fällde han, lika lite då som den dag han lämnade sin familj i Afghanistan. Som i en dimma hade han fortsatt sin flykt, ensam genom Europa.

Nu satt han här, i en underjordisk grotta, och väntade på att ta farväl av Alexander, hans enda vän i världen. Och nu grät han. Han kände sig utlämnad, hjälplös, fruktansvärt ensam.

Han ville komma ihåg den här mörka, ogästvänliga platsen, som för honom ändå varit ett hem under några sommarmånader. Han strök bort tårarna och lät ljuset från den ficklampa han fått av Alexander svepa runt i det lilla utrymmet. Han ville ta in varje kvadratcentimeter i sitt minne.

Då fick han se något allra längst in som han inte lagt märke till tidigare. Det såg ut som en inskription, och när han tittade närmare kunde han se en rad med ryska bokstäver. Han hade sett sådana bokstäver i sitt hemland, i små korta texter som sovjetiska soldater ristat in på några ställen under invasionen av Afghanistan, långt innan Ali var född.

Han tittade ännu närmare, och då såg han något annat: en bild var ritad på väggen intill de kyrilliska bokstäverna. Det var bilden av en fisk. Och det tecknet förstod han! Hans kristna flyktkamrater hade berättat vad det stod för. Det var de första kristnas hemliga tecken. När de förföljdes av de romerska herrarna, precis som de afghanska kristna nu förföljdes, så hade detta tecken gett dem mod och hopp. De olika bokstäverna i ordet för *fisk* på grekiska – alltså det språk som de första kristna talade, hade hans flyktingvänner förklarat – ΙΧΘΥΣ, svarade mot initialerna för deras bekännelse: "Jesus Kristus, Guds Son, Frälsaren".

Och det tecknet fanns alltså inristat i Alis gömställe!

Ali mindes vad Alexander hade berättat om dessa underjordiska rum: En gång för århundraden sedan hade de inhyst ryska krigsfångar. Några av dem hade alltså varit kristna! Dessa kristna fångar hade skrivit något på denna steniga, fuktiga vägg, ett budskap de ville att andra skulle se.

Var det här ett tecken till honom, Ali? Fanns det något som kunde ge honom hopp? Något som kunde ge honom modet tillbaka?

Plötsligt såg han något mer, något som skrämde honom. Stenarna på tunnelväggen var inte bara fuktiga, de var blöta! Det strömmade vatten ur några sprickor i väggen som han inte sett tidigare. Och de blev bara fler!

I samma ögonblick som han började inse vad det betydde hörde han Alexander ropa deras kodord, *Carolus Alix!* I nästa ögonblick störtade Alexander fram mot Ali och tog tag i hans arm.

– Vi måste ut härifrån, fort! Tunneln är på väg att rasa!

Han började hysteriskt dra honom mot öppningen medan ett dovt, olycksbådande muller fortplantade sig genom systemet av gångar och tunnlar. Men Ali höll emot och pekade med ficklampan mot väggen en bit ifrån där han nyss såg fiskbilden.

– Den oppen! ropade han upphetsat på sin knaggliga svenska.

Och nu såg också den skräckslagne Alexander hur en stor bit av väggen öppnade sig. Den rasade inte ihop. Den öppnade sig. Som en dörr. Där innanför, i ljuset av några få fladdrande glödlampor, kunde de skönja ett något större rum. De uppfattade ljudet av stenar och rinnande vatten där inne, precis som där de befann sig. Men mitt bland alla dessa skrämmande läten, som bar med sig ett budskap om en annalkande katastrof, trängde ett annat ljud fram där inifrån, ett stönande, jämrande ljud. Och det drog dem obevekligt mot öppningen. Det gick inte att ta miste – det var en människa där inne!

19

Den kvinnliga guiden hejdade sig plötsligt. Hon stirrade i fasa mot ingången till det bergrum de var på väg till. Den hade spärrats av nedrasade stenar! Flera i gruppen hörde nu också det hotfulla mullrandet och alla kände hur det ojämna tunnelgolvet började skaka.

– Vi måste vända, sa guiden så lugnt hon förmådde medan hon försökte hålla tillbaka paniken. Jag vet inte vad som händer, men var vänliga att så raskt och lugnt som möjligt gå tillbaka samma väg vi tog hit. Det är säkert inget att oroa sig för, men vi måste ta det säkra före det osäkra.

Anneli kände hur Sophias grepp i hennes hand hårdnade. Hon såg nästan vädjande upp mot Anneli men sa inget. Gustav bet ihop läpparna, vägrade att släppa fram det skrik som var på väg.

Då fattade Anneli ett beslut, ett desperat och mycket riskabelt beslut. Hon visste att ett av de stora bergrummen här nere ibland användes av polisen och militären – det hade hon fått veta på den stadsvandring hon var med på vid ett tidigare tillfälle. Varför skulle det inte kunna vara just det rum som de nu förbjudits att besöka, det som fanns där bakom den skyddsrumsliknande dörren? Om det var så borde det vara ett stabilt rum som säkert skulle klara sig även om resten av tunnelsystemet rasade ihop.

Hon hade blivit allt säkrare på att det var dit Johan hade förts. Hon måste helt enkelt försöka ta sig in där!

Hon vände sig mot guiden: – Det är lång väg tillbaka till ingången. Vi skulle kanske försöka öppna dörren till det där rummet, sa hon och nickade i riktning mot den stängda dörren.

– Nej, nej! Guiden var nu nära panik. Det går inte. Absolut inte! Hon skyndade efter de andra och försvann bakom en krök på tunneln. Men Anneli hade bestämt sig. Hon tog barnen i vardera handen och gick hastigt mot dörren.

– Sophia och Gustav, jag tror pappa är därinne. Vi försöker hitta honom, eller hur?

Den tunga dörren av kraftig plåt var försedd med två långa handtag av järn. Anneli fick hjälp av Gustav med det nedersta handtaget, och sedan fick hon häva hela sin tyngd på det översta för att kunna rubba det ur sitt läge. De hjälptes åt alla tre att dra dörren mot sig. Först var den allt annat än samarbetsvillig, men efter en stund gav den med sig. Med gnisslande gångjärn gled den långsamt upp.

De såg in i ett gigantiskt underjordiskt rum, som hjälpligt lystes upp av några glest uppsatta lysrör. Det gick inte att urskilja några detaljer i halvmörkret. Bakom dem hörde de stenar som rasade och vatten som strömmade in i tunneln, men i rummet framför dem var det helt tyst.

Fanns det någon där, dold bland skuggorna? Fanns Johan Linder där?

– Titta där, sa Gustav ivrigt och pekade mot en mindre dörr som var placerad under ett av lysrören. Dörren stod halvöppen, och i det svaga ljusskenet såg de ett moln av damm välla ut genom dörrhålet. Där innanför måste det finnas ett utrymme som tydligen rasat ihop. Kanske var det där de måste leta ...

*

Johan låg stilla och väntade bara på att bli begravd under nedrasade väggar och tak.

– Gud, om du finns, tag emot mig, låt mig få träffa Agneta och Jenny ...

Då tyckte han sig långt borta höra en röst tränga igenom mullret. En gång till kom rösten, denna gång närmare. Han kunde tydligt uppfatta två ord.

– Hallo, man!

Det kunde väl ändå inte vara Gud som svarade på hans bön? Han borde väl kunna bättre svenska än så ...

I nästa ögonblick kände han starka nävar som tog tag i hans vrister och drog honom genom grus och sten mot det nya hålet i väggen bakom honom. Precis innan rummet kollapsade lyftes han genom öppningen och lades ner på en filt på andra sidan. När han mödosamt lyckades öppna sina ögon såg han in i ett främmande men vänligt ansikte.

Ett moln av damm trängde genom den nya öppningen längst in i Alis gömställe. Rummet på andra sidan hade rasat samman, taket hade störtat in, men den del av den hemliga tunneln som tills nu hade varit Alis tillflyktsort var fortfarande något så när intakt. Säkert inte många minuter till.

20

Ett våldsamt åskväder med vindbyar av orkanstyrka drog hastigt in över svenska västkusten. Dess fokus tycktes vara inställt på Göteborg. Angreppet var överraskande, och det drev ett vredgat hav framför sig med vågor som påminde om en tsunami. Ett redan högt vattenstånd gjorde att vågorna pressades högt upp över land och hotade Sveriges största hamn.

Södra delen av "Inom vallgraven", den stadsdel som låg alldeles innanför hamnen, var särskilt sårbar. Alla tunnlar och gångar, grottor och hålrum som grävts ut en bit under markplan hade bokstavlig talat perforerat dess innandöme. Den underjordiska värld som under århundraden varit ett skydd mot angrepp från främmande makter blev nu ett lätt byte för en vredgad naturs frontalangrepp mot Göteborg.

Överallt uppstod små sprickor, och de vidgades hastigt av trycket från vattenmassorna och blev snabbt till stora revor i väggar och tak, och det dröjde inte länge förrän de tomma utrymmena under markytan kollapsade. Delar av kvarteren mellan Esperantoplatsen och Pedagogen rasade ned i underjorden.

Ovädret hade överrumplat alla, både med sin hastighet och sin styrka. Men tack vare att stadens myndigheter sedan något år tillbaka arbetat fram en omfattande beredskapsplan (framtvingad av återkommande larmrapporter om troliga katastrofhändelser i en nära framtid) så fanns nu en effektiv och samordnad livräddande organisation på plats. Redan när de första små sprickorna upptäcktes tryckte man på knappen. Därför blev förlusten av människoliv begränsad. Däremot var den materiella förödelsen enorm.

Det skulle ta lång tid att återställa området. Västlänkens färdigställande skulle man tvingas förlägga långt framåt i tiden, om den ens var möjlig att genomföra efter det som hänt. Dessutom skulle detta enorma projekt tvingas långt ned på prioriteringslistan, medan de hastigt smältande polarisarna, med en obönhörligt stigande havsnivå som följd, skulle tvinga stadsplanerarna att förbereda omedelbara insatser. Man insåg att katastrofen i Göteborgs hamnområde denna sensommardag inte var någon tillfällig olycka. Den skulle garanterat få fler och ännu allvarligare efterföljare om man inte vidtog kraftfulla åtgärder.

Sådana beslut låg på politikernas bord. Räddningsledaren på plats där vid Esperantoplatsen hade andra, högst akuta bekymmer att ta sig an. Man hade hört knackningar inifrån en igenrasad tunnel. En grupp turister, som man visste hade tagit sin in i tunnelsystemet tillsammans med sin guide, var ännu inte lokaliserad.

Dessutom hade några anställda inom Polisens Specialkommando, PoSK, antytt att det kunde finnas brottsmisstänkta personer instängda i ett hemligt utrymme. De PoSK-anställda hade själva undkommit i sista stund.

–Tyvärr lyckades vi inte, trots stora ansträngningar, att rädda de personer som vi tagit till förhör för misstänkt illegal verksamhet, sa deras kvinnliga talesman.

*

– Jag vill inte vara här, snyftade Sophia. Det är otäckt och jag är rädd. Jätterädd.

Gustav sa inget, men Anneli kände hans hand darra i hennes hand. Hon försökte skynda på barnen mot dörröppningen där det fortsatte att välla ut damm. Det låg också en hög med stenar alldeles utanför. När de bara hade någon meter kvar slocknade lysrören och det blev kolsvart. Sophia slog båda armarna om Anneli, och Gustavs grepp om hennes hand hårdnade. Själv kunde hon inte hålla inne ett kvävt utrop.

– Nej! O Gud, hjälp oss!

De stod och höll om varandra alla tre. Golvet under dem skakade till, och genom den öppna dörren kom ett brakande och slamrande ljud. Paniken fyllde Anneli, och hon kämpade för att behålla förmågan att tänka klart samtidigt som hon hörde ekot av Sophias ord inom sig, och nu var det hennes eget rop: *Jag vill inte vara här! Jag är rädd!*

Efter några sekunder vande sig deras ögon vid mörkret, och långt bort kunde de ana en ljusstrimma. Det måste vara dagsljus som sipprade in där borta, tänkte Anneli. Vi har inget val – vi måste bara dit.

– Kom mina barn. Det lyser där borta. Vi går dit, eller hur?

De trevade sig fram, decimeter för decimeter. Anneli ville hålla upp händerna framför sig för att känna om det fanns några hinder framför dem, men båda hennes händer var upptagna av varsin liten barnahand. Plötsligt stötte Anneli foten mot något stort och klumpigt på golvet. Hon var nära att falla och dra med sig barnen men lyckades stå på benen. Paniken hotade att ta över igen, men hon tvingade sig själv att trotsa sin rädsla och böja sig ned. Hon frigjorde ena handen och släppte taget om Gustav för att känna efter vad det var som låg där. Det var en människokropp!

Hon ryckte till sig handen och backade några steg. Sophia grät och sträckte sig förtvivlat mot Anneli. Gustav stod stilla, paralyserad av skräck. Bakom dem, kanske var det tio meter bort, hördes ett rasslande ljud, som om något föll isär. Anneli förstod att också det här rummet, som verkat så stabilt, var på väg att dras med i raset. Det väckte henne ur förlamningen.

– Gustav, håll fast i min kofta så går vi häråt, sa hon och lyfte upp Sophia, som slog sina armar runt hennes nacke.

Då kände hon till sin fasa någonting mjukt röra vid hennes ben, och i nästa ögonblick hördes en matt, viskande röst:

– Snälla, hjälp mig härifrån!

Anneli fick mobilisera hela sin viljestyrka för att inte skrika högt. Hon ville springa, men Sophias tyngd och Gustavs grepp i hennes kläder hindrade henne. Hon andades tungt och snabbt och vände sig om. Hon tyckte att något rörde sig i dunklet. Plötsligt tändes ett litet ljus. Det var ficklampan i en mobiltelefon, förstod hon. Nu såg hon tydligt att kroppen mödosamt försökte sätta sig upp.

– Här, sa rösten igen, ta min telefon så ni hittar ut härifrån. Glöm det där med att hjälpa mig ut, det går nog inte. Skynda er, det här rummet verkar säcka ihop när som helst.

– Jag … jag trodde du var död, fick Anneli fram mellan flämtningarna. Vem är du?

– Bry dig inte om det. Ni måste ut härifrån genast. Bara en sak till: det finns fler som jag härinne, men antagligen är de döda. En av oss togs till förhör i det där lilla rummet, han kanske klarade sig.

Mannens röst var nu mycket svag. Anneli satte ned Sophia på golvet igen och lyste på mannen med ficklampan. Hon insåg till sin förtvivlan att hon inte skulle kunna hjälpa honom ut. Om han klarade av att ta sig upp på fötter skulle han kunna stödja sig på henne. Men det såg ut som om livet redan höll på att lämna honom.

Tack, viskade hon till honom med bruten röst. *Om Gud finns kommer han att ge dig frid. Eller hur, Gud?*

Tiden var på väg att rinna ut för Anneli och barnen. Ljudet av rasande stenar kom allt närmare, och det jämna mullrandet, som en lång stund hörts på avstånd, började stiga till ett dån. Ficklampan i mobilen gav ett mycket begränsat ljus, men just nu betydde det skillnaden mellan liv och död för dem.

En sak plågade henne medan hon och barnen siktade mot utgången: Var fanns Johan? Hon önskade att hon kunde stanna i det här bergrummet och söka efter honom, även om hon riskerade att bli instängd eller att taket skulle rasa ned över henne. Men det viktigaste för henne just nu var barnens säkerhet.

De fick väja för flera bylten på golvet, flera människor som skulle få sin grav i det här rummet. Anneli grät inombords, men hon tvingade sig och de två små syskonen vidare i riktning mot öppningen. Och räddningen.

Med bara några meter kvar kände hon hur Sophias hand gled ur hennes samtidigt som Gustav släppte taget om hennes kofta. Dånet från bergets innandöme ringde i hennes öron, och vatten strömmade in genom öppningen framför dem. Skulle de tvingas ge upp nu? Så nära räddningen! Nej, Gud, du måste hjälpa oss!

– Hallå! ropade hon. Hallå! Om inte Gud hörde henne så kanske någon där utanför kunde höra henne?

Sophia låg till synes livlös vid hennes fötter. Anneli la sig på knä på det nu vattendränkta golvet och försökte lyfta upp flickan. Till sin lättnad såg hon Gustavs ansikte intill Sophias huvud – han hade släppt taget i Anneli för att hjälpa sin syster.

Då hörde hon Sophia jämra sig. – Jag orkar inte mer, jag vill sova, sa hon.

– Här, ta ficklampan, sa Anneli till Gustav. Så tog hon tag om Sophia och lyfte upp henne i famnen igen. Barnet var tungt och hon orkade bara nätt och jämnt att bära henne. Steg för steg tog hon sig framåt, med vatten upp till anklarna och med Gustav steget före, allt närmare öppningen.

Det sista hon hörde var ett fruktansvärt brak ovanför henne.

21

Regnet hade slutat falla, lika plötsligt som det börjat. Det våldsamma ovädret hade lämnat kustlandskapet och dragit vidare in över land. Det hade klarnat upp längst bort vid horisonten, ut över havet, och den nedgående solen bjöd på ett vackert skådespel med orange, gula och röda färger i en fantastisk harmoni. Skuggorna djupnade över ett sargat Göteborg och svepte in förödelsen i kvarteren Inom Vallgraven i ett försonande dunkel.

Räddningsledaren samlade sitt manskap efter ett par timmars intensivt sökande och kunde konstatera att det inte fanns någon levande människa kvar i rasmassorna.

Gruppen med turister hade kommit tillrätta och förts till sjukhus för observation.

De PoSK-anställda, som befunnit sig på ett hemligstämplat uppdrag inne i ett av bergrummen när det oväntade ovädret slog till och utlöste tragedin, hade lyckats ta sig ut på ett tidigt stadium och hade deltagit i sökandet efter överlevande.

Ett par helikoptrar hovrade över katastrofplatsen. Det var först nu när ovädret bedarrat som de kunnat sättas in i räddningsarbetet. Deras starka strålkastare svepte över området, dels för att hindra obehöriga ta sig in innanför avspärrningarna, dels för att ge de ansvariga myndigheterna en första bild av omfattningen av skadorna.

De knackningar som hade hörts från en av tunnlarna hade tystnat. Ingen räddningspersonal tilläts gå in eftersom det ansågs alltför riskabelt, samtidigt som chansen att finna någon vid liv bedömdes vara helt utesluten.

Det var viktigt för myndigheterna att få ett snabbt beslut om att de akuta insatserna var avslutade. Redan innan katastrofen hade det funnits tecken på en opposition mot makthavarna både på nationell och lokal nivå, ibland hade till och med ordet motståndsrörelse använts. Därför måste de styrande agera med stor bestämdhet vid sådana här tillfällen och visa handlingskraft för att upprätthålla disciplinen och göra utrymmet för all slags opposition så litet som möjligt. Men det fanns de som menade att beslutet att avblåsa räddningsarbetet kom för tidigt.

*

Mer än halva taket i det väldiga bergrummet hade störtat in. Stora stenar, cementstycken och avbrutna balkar hade slagit i golvet med sådan kraft att de slungades flera meter i olika riktningar. Mindre brottstycken av taket flög som projektiler och spreds ända bort mot den ännu oskadade öppningen mot gatan. Ett tjockt moln av damm och smått grus fyllde det som var kvar av rummet.

En sten av några centimeters storlek hade träffat Anneli strax bakom ena örat. Hon hade medvetslös segnat ned på golvet.

Samtidigt hade en bit av sidoväggen ett stycke till höger om öppningen rämnat. Bakom hålet som bildats fanns ett utrymme som såg ut att vara slutet på en tunnel. Tills nu hade det varit Alis gömställe.

Nu var det tomt. Men ett par tre meter längre bort kämpade tre gestalter fram i riktning mot ingången till tunneln. Med armarna om Alis och Alexanders axlar släpade sig Johan fram i det fladdrande ljuset från Alexanders ficklampa. Ljuden från en sammanstörtande värld drev på dem.

Plötsligt hörde de ett mycket starkt, skärande ljud bakom sig. Det lät som om en tjock skyddsplåt revs itu av en jättes händer. De tittade hastigt bakåt och för andra gången såg de hur en av väggarna i utrymmet längst bak i tunneln rämnade. Den här gången blev det ett hål in mot det angränsande bergrummet. Ali la märke till att den här nya öppningen var exakt på den plats där han en stund tidigare hade upptäckt den inristade bilden av en fisk. Det måste betyda någonting! Det var ett tecken som var menat för dem!

– Vi gå *där*! We just have to! sa han ivrigt. Andra väg stängd. Ett nytt ras längre bort i tunneln bekräftade Alis ord. Nu hade de inget annat val än hålet i väggen.

Precis när de tog steget in i bergrummet fick de se ett svagt ljus längre bort, ett litet ljus som rörde sig med små snabba rörelser. Det kunde knappast vara något annat än ljuset från en liten ficklampa!

– Det är någon där, sa Alexander. Och titta där, strax intill, visst är det dagsljus som sipprar in där ...

När de tog nästa steg var allt ljus borta, utraderat av ett moln av damm som gjorde mörkret ogenomträngligt. Alexanders ficklampa förmådde bara lysa upp ett steg i taget framför dem. De klafsade i vatten som täckte deras skor och sandaler. De stötte emot hinder som de inte visste vad det var. De täcktes av damm som trängde in i näsan och gjorde det svårt att andas och som sved i ögonen, men som inte kunde fylla deras hörselgångar tillräckligt för att utestänga alla hotfulla ljud från rasande väggar och tak. Det kändes som om de var ute på en dödsvandring, och Johan undrade för varje steg om det var hans sista steg i livet.

Ali ropade till när hans fot stötte mot något mjukt.

22

Samtidigt som Alexander och Ali lyfte upp Anneli för att förhoppningsvis kunna föra henne i säkerhet, uppfattade de dämpade snyftningar alldeles nära. I skenet från ficklampan såg de en skrämd liten flicka stå alldeles blickstilla, med sina våta och smutsiga händer för ansiktet.

– Sophia! ropade Johan och stapplade fram för att sluta henne i sin famn.

I samma ögonblick trängde ett starkt ljus från en halogenstrålkastare igenom dammet och lyste upp hela scenen.

Några sekunder senare omringades de av räddningspersonal, ditkallade av en liten kille som sa att han hette Gustav.

DEL 2

*"Ni skall lära känna sanningen,
och sanningen skall göra er fria"*

(Johannesevangeliet 8:32)

23

Den dalande augustisolen hade fortfarande en bra bit kvar till horisonten då den möttes av en snabbt uppdykande molnbank. Vinden ökade hastigt, och snart hade mörka moln brett ut sig på hela västerhimlen och förvandlat en skön sensommardag till en blåsig höstkväll.

En man öppnade grinden till en villa i västra delen av Askim och gick med bestämda steg fram till entrén. Efter tre korta, snabba signaler på dörrklockan släpptes han in. Efter några minuter öppnades samma grind av en ung kvinna. Under den följande halvtimmen fick grinden släppa igenom ytterligare fem personer.

Denna smygande folkrörelse pågick på liknande sätt och ungefär samtidigt på en rad andra ställen i Göteborg. Mötesplatserna fanns runt om i staden. En underjordisk kyrka hade vuxit fram på kort tid. Den utgjordes av människor som för bara ett halvår sedan hade varit likgiltiga inför kristen tro, eller om inte likgiltiga så i alla fall bara svalt intresserade. En del hade aldrig satt sin fot i någon kyrka utom möjligen vid någon storhelg eller vid något bröllop eller begravning. Andra var relativt vana kyrkobesökare men hade aldrig tagit ett personligt steg i överlåtelse till tron på Jesus.

En sak hade de alla gemensamt: en nära vän eller familjemedlem hade ryckts ifrån dem den där dagen på vårkanten då det överjordiska ljuset omfamnade världen.

Detta hade fått dem att på allvar söka efter den sanning som kyrkan alltid förkunnat, om än inte alltid så tydligt och inte alltid på ett trovärdigt sätt.

Detta sökande efter sanningen hade steg för steg lett dem fram till en övertygelse, som de sedan känt igen hos varandra, ofta på märkliga vägar.

Så knöts de samman i ett beroende och tillhörighet. Övertygelsen om sanningen – en farlig övertygelse i en gudsfientlig värld – drog dem till varandra och byggde den underjordiska kyrkan.

Den här kvällen, när stormen anföll staden med full kraft, var bortemot två hundra män och kvinnor i alla åldrar samlade på olika ställen. I grupper på fem eller tjugofem och allt däremellan, träffades man i vardagsrum, gillestugor eller kontor, till och med på någon rektorsexpedition. Men man undvek kyrkorna – man visste att varje kyrkobyggnad och varje kapell var bevakad av myndigheterna. Därför skulle människor som träffades där på andra tider än de vanliga utannonserade mötestiderna direkt väcka uppmärksamhet.

Också dessa hemliga mötesplatser kunde när som helst bli avslöjade, det var man medveten om. Men angelägenheten att träffas var starkare än riskerna.

Denna kväll var det särskilt angeläget. Flera av deras vänner i det hemliga nätverket hade blivit arresterade och bortförda. Nu var det viktigt att prata sig samman och befästa tron hos varandra på den sanning man upptäckt och delade. Att några hade gripits fick inte slå ned modet på de övriga. Nu var det viktigt att hjälpa varandra att inte vackla i sin övertygelse. Dessutom ville man hitta vägar att visa stöd för de familjer som drabbats.

Sverker Björkman, som till vardags var kyrkvaktmästare i en av Askims kyrkor, hade tagit initiativet till samlingen. Hans egen bror hörde till dem som förts bort av polisen. Med hjälp av ett mobilt kommunikationsprogram, som var skyddat mot intrång genom ett avancerat kodsystem, hade han kallat samman till det här mötet.

Detta program för skyddad kommunikation hade tagits fram av ett par unga kvinnor i nätverkets innersta kärna, och tack var det var det också möjligt för honom att hela tiden hålla kontakt med de många olika grupperna som nu samlades i hemlighet. Överföringen av information skedde via ett snillrikt uttänkt "alfabet", baserat på innebörden av det tecken som hade varit de första kristnas tecken:

bilden av en fisk. Halvt på skämt hade programmet fått namnet *"Rena rama grekiskan"*, vilket syftade på att systemet var knutet till det grekiska ordet för fisk, *ichtus*, som samtidigt var initialerna för de första kristnas bekännelse av Jesus som Guds son.

I det här mötet var det som om själva himlen ville ha ett ord med i laget. Stormen, åskan och skyfallet blev en demonstration från den himmelska världen som försäkrade de troende att makten tillhörde deras Gud. Sista ordet var hans i den kraftmätning som utkämpades på jorden.

24

Alicia Björkman var som vanligt ute på sin tidiga tur med en av väst-
sveriges största morgontidningar. Hon rattade vant sin postbil mellan
brevlådorna i villaområdet i Askim. Den högerstyrda bilen drevs av
biogas. Och så hade den VTD:s logga målad på sidorna. Västsvensk
Tidningsdistribution. Där hade hon varit anställd i nästan tio år, och
de senaste fyra åren hade hon haft körningar med tidningar och rek-
lam runt om i de södra delarna av Göteborg.

Men den här dagen var det tungt. Hon var ute på sin sista morgon-
tur. Hon var en av dem som företaget hade tvingats säga upp på
grund av minskat antal uppdrag. Både papperstidningarna och den
tryckta reklamen hade i snabb takt förlorat mark i kampen om kun-
derna. Den digitala världen hade tagit över. Alicia Björkman behöv-
des inte längre.

Hon körde fram mot en av de få brevlådorna på den här gatan
som hon hade ärende till. Hon behövde inte titta på sin lista för att
veta att här bodde Johan Linder. Hon hade lagt märke till att det var
en man som väntade på sin tidning varje morgon. Ibland hade han
öppnat ytterdörren redan innan hon hunnit därifrån.

Hon hade gärna velat se honom komma ut mot brevlådan också
denna morgon, på hennes sista tur. Men det verkade som om ingen
var hemma. Tyst och låst. *Tack i alla fall för den här tiden, Johan
Linder.*

Hon körde långsamt iväg. Hon tänkte på vad denne Johan skulle
läsa när han väl slog upp sin tidning den här dagen. Det var ju en
förfärligt sorglig historia, det där som gårdagens fruktansvärda ovä-

der hade orsakat inne i centrum. Det var tydligen kvarteren på södra sidan av Göta Älv som drabbats allra värst. Vilken tragedi!

Själv hade hon sin egen tragedi att bearbeta. Inte nog med att hon förlorat jobbet, hon var rädd att det också hade hänt något med hennes man. Han hade inte kommit hem från sitt arbete på bokhandeln inne i stan i går kväll, och när hon vaknade i morse var han fortfarande borta. Visserligen hade han försvunnit hemifrån vid flera tillfällen under sommaren utan att riktig förklara varför, men han hade aldrig varit borta en hel natt.

– Alicia, hade han sagt en sådan gång, du ska inte oroa dig. Jag ska snart berätta för dig vad jag håller på med, men än så länge är det nog bäst att du inte vet så mycket om det. Men jag lovar, det är inget dumt.

Hon hade inte blivit särskilt lugnad av de orden, men hon litade på honom. Snart skulle han berätta. När det var rätt tid.

Men nu hade han ju, som sagt, varit borta hela natten!

Kanske var det gårdagskvällens oväder som gjort det omöjligt för honom att ta sig hem.

Medan Alicia fortsatte sin tunga tidningsrunda närmade sig ett annat fordon samma adress som hon just lämnat bakom sig. Det var en silvergrå SUV, en Volvo XC90, som stannade på Johan Linders adress – en bil som var välkänd som tjänstefordon hos PoSK, Polisens Specialkommando.

25

Ovädret hade överraskat alla och ställt till med en rad allvarliga störningar i viktiga samhällsfunktioner längs hela den svenska västkusten. De största skadorna rapporterades förstås från de lägst belägna delarna av kustlandet. Det hade blivit översvämningar på många platser, flera tåg på västkustbanan hade ställts in och en del av motorvägen genom Halland hade stängts av, liksom Uddevallabron.

Värst drabbat var Göteborg. Stadens myndigheter hade tagits på sängen. Att de gamla grottorna och bergrummen under gatuplan vid Esperantoplatsen och Pedagogen skulle kunna kollapsa hade inte funnits på kartan. Andra typer av samhällsstörningar hade man beredskap för, men inte för detta. Ändå ansåg man inte att det fanns anledning till självkritik. Det som hänt var beklagligt och det skulle krävas stora resurser att återställa området, men ingen skugga tilläts falla varken på de lokala makthavarna eller på regeringen. Den materiella förstörelsen var enorm, människor hade förlorat bostäder, försörjning, hälsa och trygghet, ett okänt antal hade till och med mist livet. Men maktens boningar var intakta.

Nästan lika viktigt var det att elförsörjningen hade klarat detta frontalangrepp från naturkrafterna. Arbetet med att säkerställa det nya samhällets viktigaste funktioner hade bestått provet. Den förnyade satsningen på kärnkraft hade visserligen fått miljöaktivister att rasa, men regeringen hade varit obeveklig, och nu, efter detta monstruösa oväder, fanns det politiska poäng att plocka. Beslutet om kärnkraftsutbyggnad parallellt med upprustning av infrastrukturen för elkraft hade ju faktiskt bidragit till att begränsa skadorna.

Frågan var förstås, skulle politiska poäng i längden vara till någon nytta i denna kapplöpning med en hastigt ökande obalans i den globala miljön? Skulle jägaren ha någon chans mot den uppretade skadeskjutna björnhonan? Många insåg nog att myndigheternas triumf den här gången skulle bli kortvarig. De åtgärder som man nu berömde sig av skulle bara förstärka hotet som det länge varnats för: den obevekliga utvecklingen mot en allt varmare jord skulle nå sin "tipping point". Väldigt snart.

Men in i maktens korridorer nådde inga varningar. Där var alla ansträngningar inriktade på att stärka medborgarnas lojalitet, både på regeringsnivå och lokalt. Om den lojaliteten var frivillig eller påtvingad var av underordnad betydelse. Demokrati var ett begrepp som hade förpassats till historiens sophög. Totalitär makt var enda vägen framåt. Och totalitär makt förutsatte ett fullt utbyggt kontrollsystem som nådde in i varje vrå av samhället. Det var på det sättet, och endast så, man uppnådde en vattentät lojalitet från medborgarna!

Kanske trodde dessa prominenta män och kvinnor, att den totala kontrollen över människors liv och åsikter var nog för att avvärja varje tänkbart hot från en kaotisk omvärld. I alla fall tycktes man vara likgiltig för den kör av domedagsröster som steg upp ur de smältande polarisarna, de stigande havsnivåerna, de förödande skogsbränderna och de katastrofala översvämningarna, samtidigt som andra röster ropade om en havererande världsekonomi, en global spridning av antibiotikaresistens och epidemier och pandemier som slog till med allt tätare mellanrum. Naturligtvis var man också blind för de hot som var mer fördolda, som att det pågick en kusligt sofistikerad vapenproduktion som undanhölls internationell insyn och att den politiska korruptionen växte ohämmat bakom sinnrikt uttänkta kulisser i allt fler länder.

Men maktens berusning, denna känsla av totalt maktherravälde, gjorde det lätt att hålla varje hot på bekväm distans. Det var enkelt att avfärda sanningen att ett gudlöst och självsvåldigt samhälle var precis lika underminerat som en stadsdel i Göteborg, som kollapsade av trycket från en vredgad natur.

Och det var lika enkelt att tiga ihjäl varningen från himlen den där dagen när den överjordiska ljusexplosionen drabbade världen.

Om sanningen ska fram fanns det några också i maktens korridorer som hade svårt att sova på nätterna av oro för tillståndet på planeten. Sanningen var kanske till och med den att de flesta av dem var obehagligt medvetna om att klockan tickade mot midnatt. Men de vågade inte – eller ville inte – riskera sin ställning genom att sätta ord på sin oro. Skygglapparna var ett effektivt skydd för deras privilegier.

Många i de breda folklagren, de som inte hade några privilegier att försvara, förfärades när de insåg hur illa ställt det var för mänskligheten. Bland dem fanns det några som hade modet att agera. Motståndsrörelsen var deras forum. Och den fick ständigt nya medlemmar. Av dessa tillhörde många samtidigt den underjordiska kyrkan.

Det var dessa män och kvinnor som makteliten upplevde som hot – inte miljöförstörelsen eller finanskrisen.

Det var dem man måste tas itu med – inte kriserna.

*

Elin Lund stod tillsammans med sina medarbetare ett stycke från gruppen av räddningsarbetare för att se hur arbetet fortgick. Hon kände genast igen en av de män som man lyckats undsätta ur det rasade bergrummet. Det hade gått mindre än en timme sedan hon själv hade suttit mitt emot honom vid ett fyrkantigt bord i ett litet underjordiskt rum som inte fanns längre. För mindre än en timme sedan hade hon och hennes kolleger rusat ut mot räddningen och lämnat den här mannen ensam kvar att krossas av sten och dränkas av vatten. Men han hade alltså klarat sig.

Hon visste mycket väl vem han var. Johan Linder. Och kvinnan som räddades samtidigt kände hon till. Anneli Thored. Och de båda barnen som var med henne, som adopterats av Johan. Hon visste bara inte hur hon skulle hantera den här situationen. Egentligen hade det varit enklare om räddningspersonalen inte lyckats få ut dem i sista stund. Å andra sidan, tänkte hon i nästa ögonblick, skulle deras överlevnad kunna vändas till vår fördel.

Hon själv och de andra i hennes team stod där och väntade med en filt över axlarna på transport från katastrofplatsen. Där och då tog en plan form i hennes huvud, där Johan Linder, Anneli Thored och de två barnen skulle få spela en viktig roll – en plan som skulle bli hennes vapen i kampen mot den växande motståndsrörelsen, som blivit en irriterande nagel i ögat på hela maktapparaten, inte minst hennes eget Specialkommando.

Den aktion som genomförts under de senaste dagarna hade varit framgångsrik men otillräcklig. Den hade inte på långa vägar neutraliserat denna illegala opposition. Ett tjugotal hade arresterats och oskadliggjorts, och de låg nu begravda i rasmassorna. Men det fanns fler, antagligen många fler. Och det var hennes och hennes kollegers uppgift att locka fram dem och krossa dem.

Det var en klen tröst att många andra länder hade samma problem att brottas med, och på många håll hade man precis som i Sverige misslyckats med att operera bort denna cancersvulst i samhällskroppen. Åtminstone hittills. Det började likna floppen efter andra världskriget, då världen tvingades bevittna hur judafolket lyckades få en egen nation, trots alla ansträngningar att förhindra det.

Det som nu hände skulle kunna leda till ett liknande scenario. Det fick bara inte ske! Man kunde tycka att denna oförargliga rörelse, som lidelsefullt kämpade för den gamla primitiva tron på den kristne guden, enkelt skulle kunna avfärdas av det moderna, högteknologiska samhället – som att vifta bort en irriterande fluga. Men hon visste bättre. I sin oskuld innebar den ändå ett hot mot utvecklingen. Och det var just en vetenskapligt hållbar utveckling som lidelsefullt försvarades av dem som nu hade makten. Den var nu den enda godkända "religionen". Och den byggde på odelad lojalitet från folkets sida. Hon blundade för att den vetenskapliga hållbarheten hittills inte lyckats komma till rätta med varken den ekonomiska turbulensen eller den snabba klimatförändringen.

För henne själv var en sak var viktigare än något annat: hon skulle visa att det samhälle hon tjänade kunde lita på hennes lojalitet. Hon skulle se till att krossa den där inbilska flugan.

Redan i morgon, efter det att den här lilla gruppen som just räddats ur rasmassorna fått tillbringa en natt på sjukhus för kontroll, skulle hennes team från PoSK, Polisens Specialkommando, ta hand om dem. Fast inte alla, bara Linder, Thored och barnen. Kanske hon också måste låta Anneli Thored få lite mer sjukhustid, hon såg ut att må ganska dåligt. De där båda yngre männen, den rödhårige studenten och den afghanske flyktingen, skulle däremot ordningspolisen genast ta till förhör och vidare utredning.

Det störde henne att dessa båda kunnat uppehålla sig i tunnlarna utan att bli upptäckta. Ännu mer irriterande var att varken polisen eller specialkommandot haft koll på att Anneli Thored och barnen också befann sig där – det kändes generande att de lyckats smita igenom deras finmaskiga nät.

Men nu hade vädrets makter ställt sig på PoSK:s sida. Den här gången hade naturkrafterna övertrumfat polisens sofistikerade metoder.

26

En silvergrå SUV med tonade rutor gled långsamt fram mot grinden till Johan Linders hus och stannade. Den främre passagerardörren öppnades och en högrest kvinna steg ur samtidigt som chauffören öppnade dörren på sin sida, ut mot gatan. Kvinnan, som var klädd i en klarröd, snyggt skuren kavaj och svarta skinnbyxor, öppnade grinden och gick fram mot ytterdörren. Hon satte en nyckel i låset, som för att kontrollera att den passade. Hon vände sig om och gav tecken till chauffören, som öppnade bakre bildörren.

En annan man gick ur bilen och höll en liten flicka hårt i handen. De gick båda fram till kvinnan och hon öppnade dörren. Alla tre gick in i huset.

Johan kände hur hjärtat snörptes ihop när han genom den färgade bilrutan såg Sophia försvinna in genom ytterdörren. Om ändå han själv, eller åtminstone Gustav, varit med henne. Nu var hon i händerna på två av de människor som dagen innan misshandlat, hånat och hotat honom. Vad skulle de göra med henne?

Han kunde inte göra något för att skydda henne mot dessa människor som på allt sätt visat att de var hans fiender. Han och Gustav satt hopträngda med två andra män i bilsätet, två män som var handplockade till polisens specialkommando på grund av deras brutalitet och hårdhet. Han hade en vag känsla av att han hade stött på en av dem tidigare, han kändes bekant på ett obehagligt sätt. Redan när han knuffades in i baksätet på PoSK-bilen utanför sjukhuset tillsammans med Gustav och Sophia hade han tyckt sig känna igen det där överlägsna flinet.

Och nu, just när dörren slog igen bakom Sophia, kvinnan och hennes medarbetare, kom han plötslig ihåg: Mannen som nu höll ett hårt tag om hans arm var samme man som stått i talarstolen under en demonstration på Götaplatsen strax före jul i fjol. Samme man som råkat välja just honom och hans bil för att iscensätta en attack mot den kyrka som Agneta och Jenny var med i. Mannen som uppmanade honom att komma ihåg hans namn för framtida bedrifter. Peter Levander!

Johan trodde inte att mannen hade känt igen honom. Han hade i alla fall inte visat något tecken på det. Allt han kunde göra nu var att vänta och hoppas.

Och ... be! Han hade ju gjort det ett par gånger den senaste tiden, så sent som igår, faktiskt, när han trodde att han skulle bli krossad under sten och betong. Och han överlevde!

– Gud, jag börjar tro att du finns. Du skyddade mig i går, snälla, skydda lilla Sophia idag!

– Vad mumlar du om? frågade mannen på hans andra sida. Johan blev förskräckt, han var inte medveten om att han låtit bönen gå över sina läppar.

– Om jag hörde rätt så var det nåt om Gud, fortsatte mannen. Hörde inte du det också, Peter? Här har vi ju beviset! Inte behöver chefen och Hjalle vända upp och ned på hela huset för att hitta ledtrådar. Jag kan gå ed på att jag hörde honom be. Han är en av dom! Jag ringer upp chefen där inne.

– Det låter du bli, väste Peter Levander. Det kan finnas annat också som kan leda oss till ledaren för hela det förbaskade nätverket. Så låt dem fortsätta leta, vi har ingen brådska. Förresten måste de få tid att installera kameror i huset också.

– Okej, du har rätt. Men du, allvarligt talat, skulle det inte vara enklare för oss om vi gjorde oss av med den här killen för gott. Och lill-killen också?

– Du hörde vad chefen sa. Han kan bli väldigt användbar för oss, särskilt när vi har hans syster som gisslan. Så försök lägga band på din mordlust!

– Okej, okej, jag ska. Tycker bara att vi inte kommer nån vart med att köra med silkesvantarna på hela tiden. Det är väl knappast det vi har gjort oss kända för, eller?

– Nu är det bäst du tiger, annars kanske du själv får känna på mina nävar, utan silkesvantar!

Under hela detta samtal, om man nu kan kalla det så, hade Johan varit tyst. Mycket rädd och mycket tyst. Om Gustav hört något från sin plats längst bak i kupén så avslöjade han det inte. Också han var rädd, men mest på sin lillasysters vägnar. Vad skulle de göra med henne inne i huset? Han kunde inte låta bli att föreställa sig hur de slog henne, eller var elaka mot henne på andra sätt, och han önskade förtvivlat att han kunde vara med där inne och försvara henne.

I nästa ögonblick trängde sig en annan undran in i hans huvud, helt oanmäld: När ska jag få börja skolan? Jag vill inte sitta här, jag vill gå i skolan!

Efter en halvtimma öppnades dörren till huset och kvinnan kom ut i sällskap med sin medarbetare. Sophia var inte med dem.

Kvinnan låste dörren. Båda såg belåtna ut när de satte sig i den silvergrå suven igen.

– Sådär. Kamerorna är på plats, och lill-tösen också. Vi hittade en hel del uppgifter om Agneta och Jenny Linder som vi kommer att analysera. Kanske kan de ge värdefulla ledtrådar. Eller vad tror du, Johan? Kvinnan såg inte på honom, men ett svagt leende avslöjade den tillfredsställelse hon kände.

27

Alicia Björkman körde för sista gången in på den parkeringsplats som var reserverad för "hennes" postbil. Oron för Torkel, hennes man, tävlade med sorgen över ett förlorat jobb om herraväldet över henne. Hon stängde av motorn, smekte ratten en stund, blundade som om hon bad. Men det gjorde hon inte, det var inte hennes sätt att tackla de känslor som rörde upp hennes inre just nu. Hon slöt ögonen i ett försök att hålla tillbaka oron, och hon smekte ratten som ett uttryck för att hon skulle komma att sakna bilen. Och jobbet, förstås. Hon hade älskat det, det hade nästan varit som att hon umgåtts med de människor som bodde innanför brevlådorna. Det var inte många av dem som hon pratat med eller ens hälsat på, ändå hade de på något underligt vis blivit hennes vänner.

Nu måste hon skiljas från dem. Och från bilen. Hon gick långsamt mot byggnaden som försett henne med tidningsbuntar och annan post fem dagar i veckan. Det var en stor byggnad med många rum och kontor och stora lagerutrymmen. Men det var bara en plats som hon hade haft att göra med i huset: en utlämningsdisk intill ett av lagren där hon varje dag tagit emot den dagens tidningsleveranser.

Hon hade undanbett sig att bli avtackad. Det var inte företagets ledning eller personal och inte heller hennes arbetskamrater som hon tog avsked från, egentligen. Det var hennes kunder. Det var dem hon skulle sakna, även om hon knappast kände dem personligen. Det var så hon kände det.

Nu styrde hon för sista gången stegen mot den välbekanta, nötta bänken. Hon skulle bara lämna in sin körjournal och sina nycklar.

118

När hon kom fram, med nycklarna i ena handen och den sista arbetsdagens körschema i den andra, stannade hon till, överraskad och rörd. På bänken stod en stor bukett gula rosor. Lutad mot vasen stod ett kort med ordet TACK skrivet med stora bokstäver. När hon vände på det stod namnen på dem som arbetat på samma distrikt som hon. Hon hittade också ett litet kuvert på bordet. Hon öppnade det och såg att det låg ett hopvikt papper i det. Hon vek upp det och läste:

"Jag fick veta av din man Torkel att du tvingats sluta. Vill bara säga ett varmt tack för varje tidning du lagt i min brevlåda under dessa år. Den har betytt så mycket för mig. Johan Linder."

Hon kände att hon fick tårar i ögonen. Och nu mindes hon att Torkel hade berättat för henne vid något tillfälle att han hade en chef på bokhandeln som hette Johan. Det var alltså den Johan som hon hade skickat en speciell tanke till under den här sista tidningsrundan. Johan Linder. Torkel hade också, som i förbifarten, nämnt att den där mannen förlorade både sin fru och dotter i den där katastrofen i våras. Och att dottern arbetat på den tidning som hon, Alicia, delade ut! Torkel och hon borde nog hälsa på honom någon dag ...

I samma ögonblick kände hon hur en skugga av oro trängde in i hennes själ och motade undan det värmande solljuset som hade överrumplat henne där vid utlämningsdisken. Oron för Torkel. Men så bestämde hon sig för att han säkert var hemma nu och skulle ta emot henne. Kanske hade han lagat något gott för att fira hennes ofrivilliga "pensionering".

Hon hade inte lång väg att gå. Deras hus låg bara på andra sidan den stora trafikleden som skar rätt igenom Mölndal. Egentligen hade hon tänkt ta en lång promenad denna sista arbetsdag, men nu hade hon ju en blombukett som måste komma i vatten, och så väntade säkert Torkel på henne ...

Full av iver svängde hon in på deras gata. Då hejdade hon sig. Utanför deras hus stod en polisbil. Och nu fick oron för hennes man ett nytt grepp om henne. Det måste ha hänt något!

Hon skyndade fram till poliserna som satt kvar i bilen.

– Fru Björkman? Beklagar, men er man Torkel Björkman har förts till Sahlgrenska sjukhuset. Han är allvarligt skadad. Om ni önskar kan vi skjutsa er dit så ni får hälsa på honom.

28

– Ni kan inte bara göra så här! sa Johan upprört med en röst som darrade av både rädsla och indignation. Hon är ju bara ett barn! Sex år! Ni kan inte bara lämna henne ensam i huset!

– Vad vi kan göra eller inte kan göra har du knappast nåt att säga till om, svarade kvinnan, som ännu inte presenterat sig för Johan och Gustav. Vi måste försäkra oss om att du är villig att samarbeta med oss, och då är det här en bra metod. Eller vad säger du, Gustav?

– Det är inte alls en bra metod, svarade han modigt. Inte för oss. Förresten får man inte kidnappa barn. Och jag måste gå till skolan. Och pappa måste gå till jobbet. Jag tror inte polisen skulle tycka om att ni gör så här. Vad heter du, förresten?

– Oj oj då, det var värst vad du är kavat! skrattade kvinnan. Ursäkta att jag inte har presenterat mig, jag heter Elin Lund. På tal om polis, så är jag själv polis – säkerhetspolis till och med. Så man kan väl säga att andra poliser tycker att det jag gör är helt okej, eller hur grabbar? Nu kör vi!

När den silvergrå SUV:en gled ut från trottoarkanten hann Johan få en kort glimt av Sophias förgråtna ansikte i köksfönstret.

– Vi kommer att se till att flickebarnet inte far illa på något sätt, sa Elin Lund. Vi har uppsikt över henne 24-7, så ni behöver i alla fall inte oroa för *det*. Så länge ni samarbetar, vill säga.

Stämningen var spänd och absolut tyst under den kvart det tog att köra in till Sahlgrenska sjukhuset.

*

Utanför sjukrummet stod en uniformerad vakt. Alicia kände sig illa till mods.

– Ursäkta damen, sa vakten samtidigt som han visade upp sin polisbricka. Förutom hans namn och tjänstgöringsintyg var den försedd med PoSK:s stämpel. – Jag har order om att be om er legitimation innan ni får gå in.

Många olika känslor kämpade om herraväldet inom henne när hon visade vakten sin legitimation. Han granskade den noga innan han nickade och lät henne gå in i rummet där hennes man låg. Hon hejdade sig chockad när hon fick se honom och förde handen till munnen för att kväva ett skrik. Det var ett väl inlindat paket hon såg där i sängen, bara en del av ansiktet och ena handen var fri från bandage. Höger öga var nästan igensvullet, men trots det såg hon en glimt av ett igenkännande leende.

Han såg henne! Det gav henne kraft att ta stegen fram till sjuksängen. Hon tog hans fria hand och kände hur hans fingrar slöt sig om hennes. Han tycktes dra henne mot sig. Hon ville gråta men lyckades behärska sig och försökte återgälda leendet. Hon förstod att det var något han ville säga och lutade sig närmare för att kunna höra.

– Förlåt mig, älskling, viskade han, det var inte så här jag hade tänkt att ta emot dig din första dag i frihet. Jag hade planerat för lite firande där hemma – och så blev det så här i stället.

Alicia såg att han kämpade för att få fram orden. Det var många slangar kopplade på honom, och säkert fick han morfin.

– De hittade mig i går kväll, i spillrorna av ett underjordiskt bergrum vid Esperantoplatsen, du vet. Det är visst stor förödelse där har jag förstått. Men de lyckades få ut mig långt om länge. Och nu har de lappat ihop mig lite nödtorftigt.

Alicia kände hur det knöt sig i magen. Hennes Torkel, far till två barn och morfar till ett barnbarn, hade alltså befunnit sig mitt i katastrofen i går kväll och nästan mist livet. Vad var det som hade hänt? Och varför var han över huvud taget där? Hon höll båda sina händer om hans fria hand och såg med tårade ögon in i hans öga.

– Men varför var du där?

Torkel visste att Alicias fråga måste komma. Ändå fick han anstränga sig för att hitta orden, inte bara på grund av sitt omtöcknade tillstånd utan ännu mer för att det svåra ögonblicket var inne när han måste berätta. Han hade helst velat dröja med det tills han kände sig starkare, men han anade att han kanske inte skulle få någon mer chans.

– Alicia, älskade, jag var inte ensam i det där underjordiska rummet i går. Men jag kanske var ensam om att komma ut ur det levande. De andra som ligger i sjuksängarna här i salen är sådana som skadades i olyckan igår, antagligen från husen ovan jord. Hela det här rummet är specialbevakat har jag förstått, så det kan mycket väl vara så att det inte bara är du som hör vad jag säger nu, det registreras säkert i någon dold mikrofon. Men jag är inte rädd. Inte nu längre.

Han slöt sitt öga som om han somnade. Men efter några sekunder fortsatte han, viskande, långsamt.

– Jag måste berätta för dig, men du behöver inte acceptera det jag säger. Jag tänker inte försöka dra in dig i något som du inte är redo för.

Så började han sin berättelse, med svag men ändå engagerad röst. Det tog honom en lång stund, kanske femton, tjugo minuter, att återge de förbluffande detaljerna kring det motstånd mot regeringen som vuxit fram och hur han blev en del av det. Han nämnde förstås inga namn, inga adresser eller någonting annat som kunde avslöja dem som var med i nätverket.

– Du ska veta, Alicia, att den här rörelsen växer. Motståndet mot den politiska ledningen ökar bland folk i allmänhet, och i synnerhet är det den underjordiska kyrkan som växer. Ingen kan stoppa den. Om du kommer över någon bibel så kan du läsa om den, i Uppenbarelsebokens sjätte kapitel och elfte vers. Men var försiktig, det är förbjuden litteratur.

De sista orden viskade han, knappt hörbart för henne.

Han gjorde en paus för att vila. Eller också hade han sagt vad han ville. Alicia förstod att bibelordet var viktigt. Hon hittade en liten pappersbit i handväskan och en penna och skrev upp det.

Hennes man hade alltså varit med i en motståndsrörelse som dessutom var nån sorts religiös inrättning. Undra på att han varit så hemlighetsfull. Visste Johan Linder, hans chef på jobbet, om det?

Under tiden som Torkel berättat hade hon i ögonvrån lagt märke till en kvinna i en säng närmare fönstret i den trista sjuksalen. Det verkade som om hon iakttog dem. Kvinnan hade ett bandage om huvudet men såg inte ut att vara allvarligt skadad. Alicia stoppade ned pennan och pappret i väskan och passade på att ge kvinnan en förstulen blick. Kanske var det just vad den andra kvinnan hade väntat på, för hon satte snabbt upp ett finger och vinkade henne till sig.

Alicia kastade en hastig blick bort mot vakten i dörröppningen. Han verkade inte ta sitt uppdrag på så stort allvar.

Hon reste sig tveksamt och gick bort till kvinnan.

– Hej, jag heter Anneli. Ursäkta att jag tar din tid i anspråk, du borde ju få ha varje minut tillsammans med din man. Men det här är viktigt för mig. Jag måste få veta om din man är samma person som jag råkade stöta på där nere i berget när allting rasade. Jag såg hans ansikte då, och på något sätt tycker jag att jag känner igen honom, trots bandaget.

Hon tystnade. Väntade på svar från den andra. Men Alicia sa ingenting, och Anneli fortsatte:

– Han gav mig sin mobil för att jag skulle få lite ljus, annars hade jag aldrig lyckats komma nära utgången. Så han räddade livet på mig och barnen ... Kan du hälsa honom det? Och tacka honom?

– Sa han nånting till dig?

– Han sa att jag skulle skynda mig bort därifrån. Att det var för sent för honom och att det var bättre att jag tog mobilen. Och så sa han en sak till: Det fanns fler där i mörkret, men de var nog var döda. Fast, kanske, kanske hade en klarat sig, sa han. Han hade tagits till förhör i ett mindre rum intill.

– Han sa inte vad han hette? Den där som kanske klarade sig?

– Nej, det visste han nog inte, svarade Anneli dröjande. Så tog hon Alicias hand och såg henne i ögonen. Jag tror jag vet vad han heter. Johan Linder.

Alicia ryckte till.

– Johan Linder!? Butikschefen på min mans jobb? Är du säker? Vad hände med honom, klarade han sig?

– Ja, Alicia, det gjorde han. Men jag är rädd för att PoSK är ute efter honom. Och hans två barn.

– Vi borde träffas, du och jag. Och din man och Johan, tillade hon. Men nu har jag uppehållit dig alldeles för länge.

Alicia gick tillbaka till Torkels säng. Hans fria hand låg stilla på täcket, ögat var slutet. Han sov.

Eller?

Hon fick plötsligt panik, sökte efter hans puls men kunde inte känna den. Hon tryckte på larmknappen och ropade på vakten. Han vred på huvudet för att se vad som stod på men gjorde ingenting för att ingripa.

– Torkel! ropade hon och böjde sig över honom som om hon skulle kunna pressa fram livet i honom. Hon grät, nästan grälade på honom. Kom tillbaka, hördu, jag behöver dig. Käraste vännen, lämna mig inte!

Två sjuksystrar kom inrusande. De kunde bara konstatera att Torkel Björkman hade dött.

29

Sophia stod kvar vid fönstret i övervåningen en lång stund. Hon grät förtvivlat, utom sig av rädsla. Till slut orkade hon inte längre utan föll ihop i en hög på golvet.

Det var så Peter Levander och den kvinnliga chefen för PoSK-teamet fann henne när de kom dit ett par timmar efter att hon blivit inlåst. Johan Linder hölls under tiden i förvar på deras högkvarter. Förmodligen hade också Anneli Thored förts dit, gissade de, och så pojken förstås, Gustav. Nu hade de återvänt till huset både för att leta efter ytterligare ledtrådar i jakten på motståndsmän (och förstås också kvinnor) och för att se till att flickan hölls vid liv. Kamerabilderna hade gjort dem lite oroliga.

Efter en stund lyckades de få Sophia att vakna. Hon började gråta när hon fick se dem och försökte krypa undan bakom en stol. Men de hade inte bråttom, och snart hade hennes hunger övervunnit rädslan. Hon åt glupskt av yoghurten och smörgåsen som kvinnan ställt fram på bordet.

– Så du tror att Johan Linder kan ha förstått vem du är? Kvinnan återgick till samtalet hon och Peter Levander haft på vägen hit.

– Risken finns. Vi kan i alla fall inte bortse från det.

– Men även om Johan Linder skulle berätta i förhören att det var du som var ansvarig för det som hände i den där kyrkan strax före jul, att det blev fiasko rent ut sagt, så skulle han inte kunna bevisa det. Och ingen skulle tro honom. Det är förstås olyckligt att du har det på din meritlista, om vi nu ska kalla den så, men det kommer inte att kunna äventyra vårt uppdrag. Ditt officiella namn är Roger Lund, och i regeringens ögon är du den mest meriterade inom underrättelsetjänsten.

Hon sneglade mot Sophia, som om deras lågmälda samtal hade kunnat uppsnappas av så små öron. Men flickan tycktes helt upptagen med att skrapa skålen.

– Och du är alltså Elin Lund, officiellt alltså, log han mot henne. Chef för underrättelsetjänstens expertteam och gift med specialisten Roger Lund. Officiellt, alltså.

– Och nu, chefen, tillade han, ska vi gå på skattjakt igen i den här villan, eller hur? Tror du flickebarnet kan hjälpa oss på traven?

*

I ett litet rum nästan högst upp i Gamla polishuset satt Alexander Thorsson och beredde sig på en ny omgång frågor efter det inledande förhöret på förmiddagen. Det hade varit tufft både psykiskt och fysiskt efter gårdagens påfrestningar. I ett likadant rum längre ned i korridoren låg Ali ihopkrupen på golvet efter att ha utsatts för en korseld av frågor, anklagelser och kränkningar. Han hade till och med fått utstå fysiskt våld under det så kallade förhöret. Nu hade de båda två lämnats ensamma, men de visste att det bara var tillfälligt.

– Ni ska inte tro att vi är färdiga med er än, långt därifrån, var beskedet de fått.

Alexander var lite undrande över att de inte placerats i Nya häktet, som var inrymt i en byggnad en bit längre bort. Kanske var det för att häktet var fullt. Eller också för att deras fall måste snabbehandlas och att de därför måste finnas närmare säkerhetspolis och åklagare.

Hursomhelst, denna väntan på vad de fortsatta förhören skulle innebära var allt annat än en angenäm väntan. Alexander hade inga illusioner om någon välvillig behandling från polisens sida. Han hade på en lång rad punkter överträtt de regler som numera gällde i samhället. Att han hade handlat i lydnad mot sitt samvete skulle inte vara vatten värt när han ställdes till svars för vad han gjort.

Och stackars Ali ... vad skulle hända med honom?

Han avbröts i sina dystra tankar av ett rytmiskt, dovt ljud som trängde in genom fönstret. Det var svagt, avlägset först, men det stegrades snabbt. Det lät som en demonstration! Han kunde inte se något genom fönstret eftersom rummet var på baksidan av byggnaden. Men efter en stund kunde han uppsnappa en del av slagorden som skanderades.

SLUTA MED FÖRTRYCKET, GE OSS FRIHETEN TILLBAKA!

BORT MED TYRANNIET, GE OSS LIVET TILLBAKA!

DIKTATUR KORRUMPERAR, DEMOKRATI BEFRIAR!

MAKT ÅT FOLKET ÄR VÄGEN FRAMÅT!

Alexander fick rysningar i hela kroppen. Han kände igen parollerna. Det var precis dessa slogans som hade diskuterats, eller snarare viskats fram, bland en del av studenterna på hans campus. Kanske hade hans vänner vågat sig ut på gatorna!

Hur många var de? De lät som hundratals.

Hur vågade de?

I korridoren hörde han nu springande steg, rop, order. Hela polishuset tycktes med ens fullt av rusande, brådskande steg, genom korridorer, nedför trappor, ut mot gatan.

Därute tårgaser, kommandorop, batongslag, elchocker, gummikulor, rop, skrik.

Han kunde föreställa sig hur det såg ut: Studenter av båda könen, beväpnade med slagord, banderoller och plakat. De möttes av kravallutrustade poliser, tränade för upplopp, beväpnade med batonger, tårgaspistoler, kanske vapen med skarp ammunition.

Han såg framför sig kaos, tumult, jämmer, kalabalik. Han hörde polissirener, ambulanssirener, helikoptrar.

Det steg och sjönk, steg ännu mer och sjönk – en oregelbunden rytm under plågsamt lång tid.

Sedan blev allt stilla, tyst.

30

Det angiverisystem som nyligen införts av regeringen led fortfarande av en del barnsjukdomar. De sista tekniska detaljerna var ännu inte på plats, vilket gjorde att man fick vänta ett tag innan myndigheternas strävan efter full kontroll på alla plan och i alla sektorer av samhällslivet var fulländad. När det väl fungerade som det var tänkt skulle allt som avvek från regeringens idealsamhälle – på varje arbetsplats, i alla skolor och universitet, i varje del av vårdsektorn, på alla institutioner och till och med i alla familjer – ge utslag på radarn. Systemet byggde på att alla medborgare hade både möjlighet och plikt att anmäla varje misstanke om avvikelse från gällande bestämmelser i sin nära omgivning.

För det ändamålet skulle man använda sig av den app som hade lanserats som ett lockande erbjudande med otroliga användningsmöjligheter och smidiga betalningssätt i alla möjliga sammanhang. Nu hade den blivit obligatorisk för alla – det enda giltiga betalningsmedlet och den enda godkända ID-handlingen.

Denna mobila app var nu på väg att bli det redskap som gav makthavarna full kontroll över landets invånare, deras meriter och svagheter, deras lojaliteter och avvikande böjelser, deras kontaktnät och deras uppförande, deras umgänge, intressen och sociala aktiviteter, deras konsumtion av varor och tjänster. Allt kunde kartläggas. Hur då? Genom sedvanliga register hos myndigheter och i föreningslivet, men också – och framför allt – genom att människor i deras närhet berättade sådant som de officiella registren inte kunde berätta om. Till exempel att man ägde en bibel eller var alltför aktiv i en kyrka.

Varje anmärkningsvärd detalj som på det sättet avslöjades gav belöning till anmälaren: det kunde ge högre kreditvärdighet, möjligheter till bidrag och förtur på bostadsmarknaden, andra slags premier eller positiva referenser på arbetsmarknaden. Varje vägran att anmäla den närstående, å andra sidan, kunde betyda att man blev utestängd från jobb eller utbildningar eller att man kunde nekas nödvändiga mediciner.

Man var alltså inte riktigt där än. Än så länge var de båda medarbetarna i PoSK:s specialenhet, Elin Lund och Peter Levander, hänvisade till den gamla beprövade husrannsakningsmetoden i sin jakt på aktiva inom motståndsrörelsen. Men deras sökande i Johan Linders hus gav magert resultat. Bara en bibel med Agneta Linders namnteckning innanför pärmen. Inte heller försöken att med lock och pock få några vettiga upplysningar av Sophia hade gett något. Och hur skulle hon kunna veta något om det som de var på jakt efter?

Efter en timme gav de upp. Precis då nåddes de av ett meddelande: "Kom omedelbart tillbaka till högkvarteret! Upplopp."

Peter – även kallad Roger – visslade till.

– Så där ja, då var det igång, då. Bäst vi sticker.

I hastigheten glömde de att låsa ytterdörren.

*

Så här långt var aktionen en framgång. Men det svåraste återstod. Tre av Alexander Thorssons studiekamrater, den atletiske Simon Redler, den långe Fredrik Paulsson och det kortvuxna energiknippet Victoria Landberg, hade nått nästan högst upp i ett av trapphusen i gamla polishuset mitt i Göteborg. Ljudvågen med slagord, skrik, kommandorop och sirener trängde ända in till dem. Nu var de nästan framme vid målet. Bara dörren framför dem skilde dem från korridoren på sjunde våningen, där Alexander och Ali hölls inlåsta.

De hade suttit hela natten framför en stor datorskärm i Simons studentrum och studerat de detaljerade kartor över polismyndighetens och säkerhetspolisens lokaler som de laddat upp efter att ha hackat in sig på polismyndighetens datorer. Alla tre var medlemmar i en liten, hemlig grupp som bestod av ett trettiotal studenter på olika campus vid Göteborgs universitet. Alexander var en av dem. De hade olika bakgrund, intressen och målsättningar med sina studier, några tillhörde ett par av kyrkorna i stan, andra var aktiva i idrottsvärlden medan andra var mer eller mindre helt fokuserade på studierna. Det som förenade dem var deras genuina motstånd mot den nya makteliten i landet.

Det som hänt Alexander och hans unge skyddsling Ali under gårdagskvällens händelser blev gruppens första stora utmaning att i handling visa vad de stod för i teorin. Några av dem hade tagit på sig ansvaret att organisera en demonstration utanför polishuset med protester mot regeringens totalitära agerande. De hoppades att många av studenterna skulle vara beredda att ta sin hemliga kritik mot makthavarna ut på gatan, om bara någon ställde sig i spetsen.

Och så blev det – trots att alla förstod vilka risker de tog. Med demonstrationen som en avledande manöver skulle de tre sammansvurna försöka sig på en högst riskabel och besvärlig fritagning.

Alla tre hade modet, kapaciteten och beredskapen att göra det. Fredrik Paulsson var geniet som lyckats ta sig in i regeringens ännu inte färdigutvecklade kontrollsystem och komma åt dess information. Varken Victoria Landberg eller Simon Redler begrep hur, men på något sätt hade han kunnat avläsa kommunikationen inom den polisiära ledningen och därigenom kunnat identifiera de rum där Alexander och Ali hölls fångna. Han hade dessutom lokaliserat varje övervakningskamera i såväl polishusets närmaste omgivningar som innanför dess väggar.

Sedan hade de tillsammans utarbetat en plan för hur de skulle ta sig fram till sina insärrade vänner. Varje steg i planen var minutiöst kartlagd men också beroende av att varje liten detalj i planen fungerade som det var tänkt. De hade försökt väga in tänkbara hinder som kunde dyka upp, samtidigt var de medvetna om att mycket kunde gå snett. När de gick igenom planen en sista gång såg den så komplett ut som man kunde begära. Den uppenbara svagheten var att den inte hade prövats i praktiken. Om den verkligen var genomförbar skulle de inte veta förrän de var på plats. Först då, i skarpt läge, visste de hur genial – eller orealistisk – den var.

Så dags skulle de inte kunna backa ur.

Med varsin ryggsäck med nödvändiga saker, inklusive ett tunt (men starkt) och långt rep, och med varsin vattenflaska hade de tagit plats längst bak i demonstrationståget. De hoppades innerligt att ingen av dem som marscherade framför dem, bara beväpnade med sina plakat och sitt mod, skulle bli allvarligt skadad. När de såg att de första demonstranterna hunnit fram till platsen framför polishusets huvudentré och taktfast började ropa sina slogans var ögonblicket inne för dem att sätta sin plan i verket. De vek av in på sidogatan på västra sida om polishuset, och genom att utnyttja de utrymmen som de visste att övervakningskamerorna inte kom åt kunde de nå infarten till polisens garage utan att riskera att bli upptäckta. Grinden mot gatan var förstås larmad, men Fredrik hade i förväg knäckt koden, så det var inga problem att ta sig in. Också själva porten in i garaget tog de sig genom på samma sätt.

Som de gissat var hela parkeringshuset öde. Det våldsamma ovädret under gårdagskvällen hade ställt till med stora översvämningar, vilket satte p för alla möjligheter att parkera i hela utrymmet. Det här var ett problem som fastighetsägaren brottats med under många år – garagetaket läckte in vatten efter varje skyfall. Trots upprepade försök att komma tillrätta med problemet hade det inte blivit helt bra. Nu stod vattnet decimeterdjupt på garagets golv.

Det fanns en upphöjd sockel utefter hela väggen, och tack vare den kunde Fredrik, Simon och Victoria ta sig någorlunda torrskodda fram till dörren in till polishuset. En trappa ledde upp till entréplan, som förutom receptionen inrymde en rad kontor och sammanträdesrum. De kunde höra snabba steg däruppe i korridoren och upprörda röster. Det lät som om polishuset var på väg att tömmas på folk! Än så länge höll deras gissningar provet.

Larmet från polishusets framsida var som en dov ljudkuliss medan de tre sakta smög uppför trappan. Naturligtvis skulle det kunna finnas folk kvar i huset trots uppståndelsen på gatan utanför, det förstod de ju. Men nu måste de handla snabbt och utnyttja den frist som demonstranterna där ute gav dem. De fick inte svika Alexander och Ali nu, och inte heller alla kamraterna ute på gatan som riskerade allt i den här aktionen.

Trapphuset var säkrare än hissarna, tänkte de. Sannolikheten var inte särskilt stor att de skulle möta någon där. Och det gick väl – ända till sista trappan upp till den översta våningen. De hade hela tiden varit på helspänn och smugit ljudlöst uppför varje trappsteg, och därför uppfattade de omedelbart att dörren som avlutade trapphuset ovanför deras huvuden öppnades. Snabbt och nästan utan att andas backade de ned till dörren de just passerat. De kunde bara hoppas att personen i trappan inte skulle in genom samma våningsdörr. I värsta fall skulle de tvingas oskadliggöra honom eller henne.

Dörren förblev stängd, och stegen försvann neråt. De väntade en halv minut innan de fortsatte den sista biten upp. Nu var de nära målet! Så här långt en framgångsrik aktion!

Men, som sagt, det svåraste återstod. Och tiden rann iväg.

Det var nu som deras noggranna förberedelser skulle sättas på sitt yttersta prov.

Som de hoppats var dörren till Alexanders rum bevakad, vilket ju borde betyda att övervakningskamerorna i korridoren inte var aktiverade. Kameror var svårare att överlista än en ensam vakt, även om denne var beväpnad.

Fortfarande nåddes deras öron av oväsendet utifrån.

Den vaktande polisen gick fram och tillbaka utanför dörren, och det syntes lång väg att han hellre velat vara med därute på gatan. Under den halvminut som Alexanders tre vänner stod gömda bakom ett skåp i korridoren hann de se hur polismannen gjorde två snabba besök i rummet mitt emot, uppenbarligen för att kunna följa dramatiken därute genom det fönster som vette ut mot Skånegatan.

Det gjorde deras uppdrag så mycket enklare!

Nästa gång vakten gick in i rummet mitt emot smög de fram, snabbt och ljudlöst. Simon och Fredrik ställde sig på varsin sida om dörren, medan Victoria avvaktade en bit därifrån.

– Hallå, grabben, vi vill snacka lite med dig, sa hon bara så högt att polismannen skulle höra det.

Sekunden senare var han på väg ut i korridoren med tjänstevapnet i beredskap. Fredrik slog honom blixtsnabbt i huvudet bakifrån, och han föll ihop. Lika blixtsnabbt låste Simon hans armar och vred pistolen ur handen på honom, samtidigt som Fredrik stoppade en trasa i hans mun.

– Vi vill inte gärna skada dig i onödan, sa Victoria till honom, men då måste du hjälpa oss lite. Vi behöver nycklarna till rummen du vaktar. När vi fått ut våra vänner kommer du att få tillbaka nycklarna och ditt vapen. Så kan du låsa dörren efter oss, och ingen kan misstänka dig för att ha låtit dig övermannas. Låter inte det som en bra deal?

Han nickade hastigt och pekade ut de rätta nycklarna. Mannen var ung, strax över tjugo, gissade Victoria. Säkert nyss utexaminerad från polishögskolan och utan erfarenhet i yrket.

Det hade blivit oroväckande tyst utifrån. Var striden över därute? Skulle polishuset fyllas av folk igen? Kanske också av skadade studenter? Nu gällde det att handla snabbt. Fredrik låste upp dörren och fick den milt sagt överraskade Alexander att komma på fötter.

– Ingen tid att förklara. Fort, ta den här nyckeln och hämta hit Ali medan vi tre fixar fönstret här.

Det tog inte Fredrik många sekunder att avlarma fönstret och öppna det. Efter ytterligare en halv minut var Alexander tillbaka tillsammans med Ali.

– Nu är det dags för vårt lilla äventyr, sa Fredrik med sammanbitna läppar. Den som är höjdrädd får stanna kvar här, annars kan ni bara följa efter mig.

Han ställde sig med fötterna på fönsterbrädan. Med ryggen vänd ut mot innergården höll han ett stadigt tag i den övre fönsterkarmen. Han böjde sig så långt utåt han kunde och spanade upp mot takkanten. Så nickade han mot Victoria, som ställde sig intill honom. Sedan började hon klättra upp på ryggen på honom och slutligen upp

134

på hans axlar. Simon ställde sig nu intill Fredrik, tog ett fast grepp om Victorias fötter tills hon hade ett säkert grepp om takkanten. De hade sett på databilderna att nederkanten på polishusets tak erbjöd möjlighet att få fäste för en lina.

Under en avancerad och våghalsig balansakt sju våningar upp på husets utsida plockade Victoria fram repet och en karbinhake ur sin ryggsäck. Hon hittade ett lämpligt fäste på takkanten, och med hjälp av karbinhaken kunde hon få repet på plats. Sedan kunde hon fira sig själv upp till taket.

Vägen till friheten var säkrad!

Ali tog utan problem samma väg och fick hjälp av Victoria sista decimetrarna upp på taket. Sedan var det Alexanders tur och därefter Simons.

Fredrik tog sig tillbaka in i rummet, räckte över nycklarna och vapnet till polisvakten, som låste dörren utifrån. När Fredrik på nytt ställde sig i det öppna fönstret och beredde sig på att följa de andra upp mot taket kände han sig plötsligt yr. Nattvaket, spänningen, det långa adrenalinpåslaget och de senaste minuternas påfrestningar hade sugit kraften ur honom. Dessutom hörde han hur polishuset nu var på väg att fyllas av folk på nytt. Den avledande demonstrationen hade gjort sitt. De andra var i tillfällig säkerhet uppe på taket.

Nu var han ensam och väldigt sårbar.

31

Utanför polishuset, som även inrymde PoSK:s högkvarter, var ordningen återställd. Sönderrivna banderoller och trasiga skyltar skvallrade om den studentdemonstration som snabbt och effektivt hade slagits ned. Kravallpolisen hade haft order om att inte använda övervåld, ändå hade några av demonstranterna fått sätta livet till. Många skadade hade förts till sjukhus och de resterande, ett femtiotal, hade förts in till förhör.

Sådant var läget när de båda säkerhetspoliserna Elin och Roger Lund – vars sanna identitet inte var känd av någon utanför PoSK – kom till platsen. Den intensiva sensommarhettan, som plågat göteborgarna i ett par veckor, var tillbaka efter gårdagskvällens urladdning från vädermakterna. Den enorma förstörelsen av kvarteren inom vallgraven inte långt därifrån kunde ses också på några andra platser i staden, även om de skadorna var betydligt mer begränsade. Området runt polisens och säkerhetstjänstens domäner var däremot helt oskadat. Förutom det översvämmade golvet i p-huset.

– Jaha, det ser ut som om vi missade showen, sa Elin Lund när hon körde fram mot polishusets entré. Vi får väl ta ut vårt roliga under förhören i stället.

Efter kravallerna var det ett betydande antal personer som skulle förhöras, så Polisens Specialkommando måste nu ta över förhören av Alexander Thorsson och Ali, flyktinggrabben, från den ordinarie polismyndigheten. Men huvudintresset (vad Elin Lund och hennes närmaste kollegor beträffade) låg på utfrågningen av Johan Linder och Anneli Thored, som nu hade hämtats från sjukhuset.

Efter en hastig lunch i polishusets restaurant träffades de fem speciellt betrodda förhörsledarna i PoSK för en genomgång i Elin Lunds arbetsrum. Eftermiddagen skulle ägnas åt förhör, var planen.

Genomgången avbröts abrupt av den polis som haft uppdraget att vakta dörren till de rum högst upp i polishuset där Alexander Thorsson och afghanen Ali hölls inlåsta i väntan på att förhöras. Polisen slet upp dörren utan att knacka.

– Thorsson har rymt! Och afghanen också!

– Nej, nej, det är omöjligt. De måste ha förts ut av någon polis i något speciellt ärende. Nån måste ha ändrat på rutinerna. Elin Lund lyfte knappt blicken från schemat med förhören som låg på bordet framför henne.

– Ni förstår inte! Jag har stått utanför hans dörr precis hela tiden (vilket inte var helt sant, som en intern utredning senare skulle avslöja). Ingen har gått in till dem och ingen har lett ut dem därifrån!

– Och hur förklarar *du* att de inte finns kvar där nu?

– Jag ... jag har ingen förklaring.

– Gå då och se efter igen. Du måste ha fått en blackout eller nånting. Som sagt, det finns ingen möjlighet att de kunnat ta sig ut därifrån. Om nu inte du själv ... Hon avslutade inte meningen men såg forskande på den unge polismannen. Så vände hon sig till Peter Levander med en otålig gest. – Följ med honom, så kan vi avsluta den här genomgången sedan.

När Peter Levander låste upp dörren till Alexanders förhörsrum var det tomt. Han gick fram till det öppna fönstret, böjde sig ut och tittade nedåt. Där fanns ingenting onormalt. Han tittade åt båda sidorna och sedan uppåt utan att det gav honom någon ledtråd. Om han hade vågat luta sig tillräckligt långt ut skulle han förmodligen ha upptäckt en lång, gänglig ung man som med ett rep bundet runt midjan pressade sig mot väggen en bit ovanför fönstret.

I stället skyndade han sig tillbaka till Elin Lunds arbetsrum.

– De är verkligen borta! sa han påtagligt uppskakad.

*

137

Presskonferensen var slut. Hörsalen i polishusets entréplan hade varit glest besatt och ingen av de närvarande journalisterna hade ställt några frågor efter den redogörelse de fått av förmiddagens händelser. Men så fanns det heller ingen kritik hos media mot regeringens och polisens agerande. I alla fall inte officiellt. De journalister som trots allt hade invändningar vågade inte ge luft åt dem. Munkaveln var definitiv och effektiv.

Nyhetsmedia skulle på sin höjd kosta på sig ett kort omnämnande av demonstrationen utanför polisens högkvarter i Göteborg. Det som då skulle framhållas var polisens framgångsrika och samtidigt humana agerande. Ingenting skulle sägas om de brutala metoder som skoningslöst slog ned den fredliga manifestationen. Eller att de obeväpnade studenternas vädjan om demokrati och medbestämmande bemöttes med kallt och rått polisvåld. De som dog och de som togs till sjukhus för sina skador skulle inte få något omnämnande. Att de som klarade sig med bara små blessyrer togs in till förhör med hårda straff som påföljd skulle också förbigås med tystnad.

"Den lilla skärmytslingen" utanför polishuset drunknade helt i det mediala intresset kring ovädrets följder kvällen före.

Ingenting sades på presskonferensen om den spektakulära fritagningen som pågick samtidigt med demonstrationen. Ingen av de närvarande i mötet anade heller att högt ovanför deras huvuden höll sig fem personer gömda bakom en av de påbyggnader som krönte polishusets tak.

*

Simon, Victoria och Fredrik tog fram smörgåsar och vattenflaskor ur ryggsäckarna. Det var hett på taket, men de hade hittat ett skuggigt utrymme utom synhåll från fönstren på takbyggnaden men oroväckande nära en ventiltrumma som mynnade ut på taket.

– Hur hade ni tänkt att vi skulle ta oss härifrån?

Alexander tittade nästan anklagande på Fredrik. Fredrik satte fingret för läpparna och pekade på ventilationsrörets öppning.

– Folk kan höra oss, mimade han.

Sen tog han upp ett papper ur ryggsäcken, där han gjort en skiss över polishusets bakre del, åt innergården till. Han hade markerat en möjlig flyktväg från taket, som gick via en loftgång på översta våningen och fortsatte genom ett trapphus ner genom alla våningsplanen. Längst ned, under entréplan, kunde man ta sig in i kulvertarna som förband de olika byggnaderna som hörde till polishuset. Men de skulle vara tvungna att invänta nattmörkret. Kunde de bara hålla sig dolda till dess skulle chansen vara hyfsat god att ta sig ut.

Som för att understryka deras utsatta läge hörde de det karaktäristiska ljudet från en helikopter närma sig. Nere från markplan hörde de hundskall. Hundarna hörde de sedan hela tiden de höll sig gömda, men helikoptern kom inte tillbaka.

*

Elin Lund var irriterad. Allt för mycket tid, alldeles för mycket resurser, alltför mycket fokus hade gått åt till den där vettlösa demonstrationen. Som lök på laxen var Alexander och afghanen borta. Måste ha varit den där polisfärskingens fel.

Hon räknade kallt med att de båda rymlingarna snart skulle bli infångade, det skulle hennes eget folk se till. Varje individ inom de olika enheterna i Polisens Specialkommando var speciellt utvalda. Var och en av dem hade genomgått en hård utbildning med extremt tuffa tester, och tillsammans hade de gjort PoSK känd för sin effektivitet och fruktad för sin brutalitet. Så Elin hyste inget tvivel om att hon skulle få sitt förhör med Alexander och Ali. Om inte under eftermiddagen så i alla fall under morgondagen.

Till dess hade hon ju Johan Linder att ta itu med. Och Anneli Thored. Linda, en 27-årig assisterande poliskommissarie, hade fått ta hand om Gustav.

Elin Lund, den beryktade teamledaren för polisens fruktade specialkommando, skulle få ett nytt bekymmer denna eftermiddag. Hon bad Peter Levander att ta en titt i de övervakningskameror som var installerade i Johan Linders hus för att kolla läget. De hade ju fått lämna huset i all hast när de fick meddelandet om upploppet utanför polishuset. Det var då man gjorde upptäckten att Sophia var försvunnen.

Det här ställde henne själv, Elin, i en problematisk sits. Om de inte snabbt kunde hitta Sophia skulle hon förlora ett viktigt övertag i förhören med Johan Linder. Flickebarnet var ju inte längre deras gisslan. Fast å andra sidan behövde han ju inte få veta om att hon försvunnit.

Ett annat besvärande dilemma var att hon själv, som stod i begrepp att anmäla den oduglige polisen som tillåtit Alexander och Ali att fly, nu hade gjort sig skyldig till samma försummelse när det gällde Sophia. Å andra sidan behövde det kanske inte komma till åklagarmyndighetens kännedom ...

Hur som helst, hon måste se till att flickan snabbt kom till rätta. Vilket inte borde vara något större problem, tänkte hon. Ändå kände hon olust över situationen. Hon visste ju hur skoningslöst varje litet förbiseende bestraffades av den hårdföra disciplinenhet inom polisen som var direkt tillsatt av regeringen.

Fritagningen av två unga män var inte något som hon skulle kunna stå till svars för – det ansvaret låg hos polisen. Men en liten sexårig tjej däremot skulle kunna bli hennes fall!

140

32

Sophia var lika ensam och rädd här ute på gatan som hon varit inne i huset strax innan. Men hon hade ju hört vad de där båda vuxna hade pratat om där inne innan de gav sig iväg, och hon förstod att hon, så liten hon var, måste göra något för att hjälpa sin pappa och sin bror. Hon tyckte inte om de där två som hade gått runt och letat i huset. Elin och Roger hette de visst, det hade hon hört dem säga. De hade nog trott att hon inte hörde vad de viskade om. Men det hade hon, och hon förstod så mycket som att de var ute efter att få hennes pappa i fängelse.

Hon hade också upptäckt att de gett sig iväg utan att låsa dörren efter sig.

Hon hade först gått på toa och sen tagit på sig sin fina sommarjacka och gått ut. Hon visste vad hon måste göra. Hennes riktiga pappa, som inte fanns längre, hade berömt henne flera gånger för att hon var så smart, och det tänkte hon vara nu. Hon kom ihåg att han några dagar före den där konstiga dagen då han försvann hade tagit henne med till en kyrka inte så långt från deras hus. Han hade varit så glad den dagen.

Det smartaste hon kom på just nu var att gå till den där kyrkan. Där kunde hon få prata med någon, kanske den som hade gjort hennes pappa så glad. Där skulle hon få hjälp. Hennes nya pappa och Gustav behövde henne, och Anneli också.

Hon tänkte på kyrkan hon skulle gå till, och hon tänkte på sin pappa, han som försvann. Och då tyckte hon att han liksom visade henne hur hon skulle hitta dit. Hela tiden bara visste hon vilka gator hon skulle gå och var hon skulle svänga. Det var nästan som om nå-

141

gon höll henne i handen. Det kändes i alla fall mycket bättre än i går när Anneli och Gustav och hon gick i de där otäcka tunnlarna som började rasa.

Ser du Sophia, där är det! Var det hennes pappa som viskade i hennes öra? I alla fall såg hon kyrkan nu, hon kände igen den och gick utan att tveka fram mot ingången. Den var stängd. Hon satte sig på den låga trappstenen utanför och undrade vad hon skulle göra nu. Just då kom en man mot henne. Hon visste inte om hon skulle bli rädd, det kunde ju vara någon som ville henne illa, precis som de där Elin och Roger. Men hon hade ju bestämt sig för att vara smart och modig, så hon reste sig upp i sin fulla längd och frågade mannen:

– Känner du min pappa? Johan heter han, min nya pappa alltså, och han jobbar i en bokhandel inne i stan. Och min bror heter Gustav.

– Ja, om din pappa heter Johan Linder, så känner jag honom, svarade mannen vänligt. Letar du efter honom?

– Nej, han är nån annanstans, och jag vill att han ska komma hem igen.

– Jaha, du. Men varför är du här vid kyrkan då? Ska du inte vänta på honom hemma?

Sophia tänkte tyst. Vill den här farbrorn verkligen hjälpa mig, eller tänker han kanske ta mig till polisen? Till slut sa hon:

– Innan jag svarar måste du säga vem du är.

Mannen log.

– Du var mig en smart en! Om du lovar att inte berätta för någon ska jag säga vem jag är. Lovar du?

Hon nickade allvarligt.

– Jag heter Sverker och är vaktmästare här i kyrkan. Fast det är inte därför jag känner din pappa. Jag har ... eller hade ... en bror som hette Torkel. För bara ett par timmar sedan fick jag ett telefonsamtal från hans fru som sa att han hade dött. Han blev skadad i det där hemska ovädret i går kväll, du vet, och idag dog han på sjukhuset. Han jobbade tillsammans med din pappa i bokhandeln, så därför visste jag vem han var. Torkels fru var ju tidningsbud här i Askim, och hon har berättat att din pappa tog hand om två barn som blev utan föräldrar. Är det du och din bror?

Sophia såg ned på sina fötter. Så nickade hon.

– Då kan vi vara ledsna tillsammans, sa Sverker. Dina föräldrar finns inte mer, och inte min bror heller.

Hon såg upp mot honom igen. Och så tog hon hans hand.

– Tant Anneli och jag och Gustav letade efter min nya pappa igår, och så var vi mitt i det hemska raset i tunneln, och då var det han som hittade oss. Men polisen tog oss, och nu är nog pappa i fängelset tror jag.

– Jag vet att polisen tog honom. Och vet du, både min bror Torkel och jag hade börjat förstå att den där Jesus, som man pratar om här i kyrkan, faktiskt lever och att det man säger om honom i kyrkan är sant. Kanske hade också din pappa Johan också börjat förstå det ... Det var därför polisen tog honom.

– Måste han dö för att han tror det? Som din bror?

– Jag hoppas inte det. Vem är "tant Anneli" förresten?

– Hon är snäll. Igår när ... när de där otäckingarna kom och tog med sig pappa, då kom hon hem till oss. Och sen åkte vi och letade efter pappa. Och vet du vad? Jag tror hon gillar honom. Lite i alla fall.

Sverker nickade tankfullt. – Okej, sa han. Men vad gör vi nu då? Om du vill får du gärna följa med mig hem. För vart skulle du ta vägen annars?

Fortfarande med flickans hand i sin började han gå – och lämnade kyrkdörren olåst.

33

Johan kände sig öm överallt i kroppen. Han var mörbultad efter gårdagens händelser. Och nu var han inlåst, fast inte i en fängelsecell. Det var ett ordinärt rum, om än spartanskt inrett. Det var antagligen av praktiska skäl som han hade blivit placerad här tills vidare. Säkerhetspolisen ville väl ha honom nära sitt högkvarter i avvaktan på beslut om hur man skulle gå vidare i arbetet med att ringa in medlemmarna i motståndsrörelsen.

Rummet låg på sjunde våningen, och genom fönstret – som naturligtvis var larmat – hade Johan utsikt över infarten och entrén till polishuset. Han befann sig på första parkett när det dryga halvtimmeslånga dramat utspelades på gatan utanför. Med en blandning av förvåning, skräck och beundran såg han hur hundratals studenter tågade in på scenen framför honom, med taktfasta slagord och frimodigt höjda plakat. Han såg hur nästan lika många poliser strömmade ut ur polishusets entré och in på samma scen, fullt krigsutrustade, dirigerade av höga kommandorop. Han förstod att utgången bara kunde bli en.

Dessa unga människor, med livet framför sig, med drömmar och förhoppningar, gav sig rakt in i lejonens kula för att protestera mot diktaturfasonerna. De riskerade allt, och förlorade. Förstås.

Han såg hur dessa män och kvinnor, i Jennys ålder och yngre än så, blev slagna, nedridna, beskjutna med tårgas och gummikulor och till slut även med skarpa skott, en del inslängda i polispiketer, andra bortkörda i ambulanser. Han såg många som fortfarande låg kvar, blodiga, jämrande. Eller helt tysta.

Deras mod, deras vägran att låta fruktan för en orättfärdig övermakt bestämma deras framtid, tog tag i honom. Det han såg förstärkte den övertygelse som sakta men säkert hade vuxit fram inom honom: att det som Agneta och Jenny stod för var det rätta. Där fanns sanningen med stort S.

Johan visste att det snart skulle bli hans tur att konfronteras med den orättfärdiga övermakten. Eller rättare sagt, fortsätta den avbrutna konfrontationen i bergrummet kvällen innan.

Han viskade fram en famlande bön till den Gud som han börjat så smått lära känna: Ge mig det mod som jag såg hos dessa unga människor!

Och så en sak till, Gud: Förlåt att jag misstänkte Anneli för att ha medverkat till att jag hamnat i den här situationen. Jag såg ju henne i går kväll – förstod att hon riskerade sitt liv för att leta efter mig. Och barnen var med henne. Gud, låt mig träffa dem igen, alla tre!

*

Anneli hade fortfarande ont efter skadan strax ovanför det vänstra örat, men den smärtan gick att uthärda. Däremot var isoleringen i det torftigt möblerade rummet och ovissheten om vad som nu skulle hända betydligt svårare att hantera. Hon längtade efter barnen, Gustav och Sophia. De hade varit ett fantastiskt team under gårdagens stormiga händelser. De hade kommit så nära varandra, alla tre, i sökandet efter Johan, tänkte hon.

Barnen tillhörde honom, både juridiskt och emotionellt. Och nu kände hon det som om också hon tillhörde honom. Inte juridiskt förstås, det var på ett annat, mer ödesbestämt, plan. Det var som om de sista dagarnas omvälvande händelser hade förenat dem alla fyra till en familj.

Så upplevde hon det. Att de nu slitits ifrån varandra kändes så fel.

Innan hon fördes till polishuset hade någon vänlig själ sett till att hon fått torra och rena kläder. De var inte riktigt hennes storlek, men de fick duga. Också barnen hade fått andra kläder på sig, om hon förstått det rätt. Hur det var med Johan visste hon inte. Men den lilla

145

omtanke hon sett var till föga tröst i hennes längtan efter barnen och Johan.

Hon hade undrat över alla skrämmande ljud som hade nått in till henne nyss. Ropen utifrån, som lät som någon slags proklamation. Eller demonstration. Hon hade inte kunnat uppfatta vad det handlade om eftersom hennes rum låg åt andra hållet, på baksidan av polishuset. Alla springande steg ute i korridoren – vad betydde det? Det stigande larmet, oväsendet, paniken – allt var som ett diffust kackalorum som gjorde henne rädd.

En skugga svepte långsamt förbi hennes fönster. Hon anade den i ögonvrån men kunde inte se vad det var. Den bara förstärkte hennes olustkänsla.

Hon blundade, och i ett försök att hitta tillbaka till någon form av struktur i sina känslor tänkte hon på det som hände tidigare på sjukhuset. Mötet med Alicia och hennes man Torkel hade gjort ett djup intryck på henne. Så tragiskt att mannen hade dött där på sjukhuset! Mest tragiskt för Alicia, förstås. Men hon hade också själv velat lära känna honom mer. Hon anade att den mannen skulle ha kunnat ge henne svar på varför Johan hade tagits av säkerhetspolisen – kanske till och med vad allt det som hänt de två sista dagarna egentligen handlade om!

Tankarna sökte sig bort från sjukhussalen och trevade sig tillbaka till det som var anledningen till att hon befann sig där. Det var inte *hon* som önskade se bilderna spelas upp igen från sökandet efter Johan, det var *de,* bilderna, som sökte upp henne. Och hon kom inte undan. Serien av läskiga bilder som spelades upp inom henne avbröts vid några tillfällen av korta sekvenser av bön. Och det var hon själv som bad! Hon, Anneli Thored, som trodde att hon sagt upp all bekantskap med Gud, hade reagerat på den långa kedjan av skrämmande händelser med att vända sig till Gud.

Den Gud som hennes bror så troget predikat om men som hon själv gjort upp räkningen med för länge sedan.

När hon nu mindes dessa sekvenser, som återkom gång på gång, kändes det så naturligt, så rätt. Vad hade hänt med henne?

Minnesbilderna var så tydliga: hon hade bett Gud att hjälpa henne och barnen att hitta Johan. Och där i det där bergrummet i underjorden, när ljuset slocknade, hade hennes inre reagerat spontant med att ropa till Gud. Sedan, när allt omkring henne föll samman, just när räddningen hade tyckts så nära, då var det återigen Gud hon vädjade till om hjälp.

Och de hade ju faktiskt blivit räddade alla fyra, hon själv, barnen och Johan! Var det slumpen? Eller var det Gud?

Hon avbröts i sina funderingar av att en nyckel sattes i dörren på utsidan. Skulle hon förhöras nu? Och i så fall, om vad? Var det för att hon "kidnappat" barnen mitt för näsan på säkerhetspolisen? Eller för att hon lämnade falska spår när hon körde med dem genom stan? Eller för att hon tog med dem in i tunnlarna?

När dörrhandtaget vreds om kände hon sig märkligt nog helt lugn.

34

Två poliser stod beredda utanför dörren till Anneli Thoreds tillfälliga arrest med Gustav i ett stadigt grepp mellan sig. Deras chef, Elin Lund, satte nyckeln i låset och öppnade dörren.

– Nu, min kära socialsekreterare, så möts vi då äntligen. Du trodde att du lurat oss, och det såg väl ut så ett tag. Men även om naturen är vildsint ibland och ställer till med stor förödelse, så kan den också nu och då spela på vår sida.

– Vi ska ha ett litet samtal, du och jag, och för att du inte ska försöka komma undan genom att tiga eller komma med lögner, så ska den här lille gossen vara med. Mina assistenter här är väldigt måna om att mitt sätt att få fram sanningen ska fungera.

Anneli konstaterade, lite förvånad, att lugnet inom henne fortfarande fanns där. Hon såg Gustav i ögonen, och hans blick mötte hennes med samma mod som han visat där nere i tunneln. En blick av samförstånd. De var starka tillsammans!

Hon vände sig mot Elin Lund.

– Var är Sophia?

Elin Lund hade under ett kort ögonblick känt sig lite brydd av att stämningen i rummet var så avspänd och att hennes förhörsoffer verkade så oberörd. Så Annelis fråga var välkommen. Nu kunde hon få henne på defensiven igen.

– Har du inte fått veta det än? Det stackars lilla barnet hålls under stram uppsikt av oss, naturligtvis i vårt intresse. Eller för att uttrycka det exakt: Hon är vår gisslan för att få dig och Johan att samarbeta.

Hon tänkte inte berätta för Anneli att Sophia hade rymt.

– Vi vet att din bror var pastor i en kyrka här i Göteborg. Delar du hans tro?

– Jag älskade honom och respekterade hans tro, men jag delade den inte.

– Nej, för då var du nog inte här nu, har jag förstått. Men vad har du för inställning till kristendomen idag?

Anneli svarade inte.

Elin Lund gav tecken till poliserna. En av dem böjde Gustavs arm bakåt. Gustav blundade hårt men gav inget ljud ifrån sig.

– Gjorde det ont, Gustav? Det kan bli mycket, mycket värre än så. Du kanske ska be Anneli att hon ska svara på mina frågor?

Gustav skakade på huvudet. Men Anneli svarade i alla fall:

– Om det är som jag anar, att min bror nu lever i en värld som i varje avseende är totalt överlägsen den du har att erbjuda mig, så kan det nog hända att jag vänder min håg åt det hållet. Jag börjar faktiskt tro att han hade funnit sanningen.

Varifrån fick hon modet? Och så bra det kändes!

Det blev alldeles tyst i rummet under några sekunder. Till och med Elin Lund kom av sig för ett ögonblick men återfann snart fattningen. Hon reste sig från stolen hon suttit på bakom bordet och gick fram till Anneli. Med ansiktet bara några centimeter från Annelis såg hon henne rätt i ögonen med ljungande blick. Och plötsligt for hennes högerhand upp och slog till Anneli över örat med våldsam kraft – just där stenen från rasmassorna hade träffat henne kvällen innan.

Hon föll medvetslös till golvet.

Gustav gav till ett skrik och försökte slita sig loss ur polisgreppet för att hjälpa henne, men greppet bara hårdnade om hans armar.

Elin Lund tittade fånigt på sin högernäve, som om hon ville gräla på den. Sen muttrade hon bara:

– Nåväl, vi får väl fortsätta senare när hon vaknat till. Det finns säkert ett och annat vi kan få ur henne. Vi får ta Johan Linder under tiden.

De lät Anneli ligga medvetslös på golvet, gick ut ur rummet och låste dörren. Gustav drogs med genom korridoren.

35

Dagen efter katastrofen i Göteborg hade kommunstyrelsen krismöte. Orsakerna måste analyseras och beslut måste fattas om åtgärder för att förebygga liknande händelser i framtiden. Under dessa formella sammanträden låg paniken alldeles under ytan. Även på nationell nivå, ända upp i regeringskansliet, märktes oron över det inträffade, och man fick bråttom att kalla experter och forskare till rådslag.

Det var som att man först nu insåg att det fanns krafter man inte hade kontroll över.

Samtidigt strömmade rapporter in från flera länder i nordvästra Europa om liknande händelser. Danmark, Holland och Frankrike var särskilt drabbade av naturens vrede.

Elin Lund var inte en person som lät paniken få övertaget. Hon var kall, analytisk, fostrad i livets hårda skola till att ta ansvar och tränad att fatta snabba beslut. Men den här dagen smög sig en känsla av att inte ha full koll på henne. Som chef för Polisens Specialkommandos region väst var hennes uppdrag att med hjälp av sina medarbetare säkerställa regeringens intressen i den region som hon fått ansvaret för. En central del av det uppdraget handlade om att stävja varje hot mot regeringens auktoritet. Vilket i klartext betydde att eliminera all opposition.

Fast nu började hon inse att "det demokratiska experimentet", som hon kallade det (som styresform hade den ju trots allt bara hundra år på nacken) hade djupare rötter i samhällets mylla än hon räknat med. Hon hade tänkt sig att jobbet att rensa i den myllan skulle vara snabbt avklarat. I stället hade de hårdföra metoder man använt sig av för att kväsa motståndet mot maktövertagandet bara fått fler att ansluta sig till opponenterna.

Motståndsrörelsen hade vägrat att låta sig utplånas.

Nu hade hon också fått se att det fanns andra krafter i tillvaron som inte lät sig styras av en aldrig så imponerande maktapparat. Klimatet levde sitt eget liv, och när människan inte spelade på dess villkor slog det tillbaka med en kraft som inte gick att tämja. Hon hade tvingats se denna sanning rakt i vitögat under de senaste timmarna.

Hon hade inte full koll! Det var en svår prestigeförlust för henne, dels att Alexander och Ali på ett märkligt sätt kunnat fly, dels att Sophia, sexåringen, var försvunnen. För första gången kände hon att hon var på väg att tvivla på sin egen förmåga.

Det fanns bara ett sätt att värja sig mot de tvivel som smög sig på henne. Hon skulle svara med att vara ännu mer skoningslös i sitt agerande.

I framtiden såg hon bara en lösning på mänsklighetens utmaningar: en världsregering. Världen behövde en centralmakt med full befogenhet att styra upp de nödvändiga åtgärderna för exempelvis klimatet. Kanske till och med en ensam världshärskare. Än fanns ingen tydligt kandidat till den posten, i alla fall ingen som hon kunde tänka sig. Men snart skulle den mänskliga rasens samlade problembild tvinga fram en sådan person.

Hon visste att hon långt ifrån var ensam om de tankarna. Dock var det ingenting man pratade högt om. Det som för ögonblicket bestämde samhällsklimatet och formulerade dekreten från de styrande var en benhård nationalism med de politiska taggarna utåt och den egna makten i högsätet.

Så Elin Lund och hennes meningsfränder kunde inte göra annat än bida sin tid. Just nu gällde det att ta itu med de mer närliggande striderna. Till exempel Johan Linder. Vanlig knegare, med många år som bokhandelsanställd, den senaste tiden på en chefsposition. Inget politiskt engagemang. Utan någon anmärkning i brottsregistret. Så långt en till synes lojal medborgare.

Men fram till mars månad detta år var han gift med en kvinna som var aktiv i en kyrka. Och han var far till en lika kyrkligt aktiv dotter. Och det med hans goda minne! Ingenting tyder på att han försökt förmå varken sin hustru eller dotter att lämna kyrkan. Vidare hade man under dagens husrannsakning påträffat en bibel i hans hem. Han hade alltså valt att inte göra sig av med den, trots att han måste ha vetat att det är förbjuden litteratur. Dessutom, hans kamp för rätten att adoptera två små föräldralösa barn visade en brist på förtroende för de myndigheter som var tillsatta av regeringen, i detta fall socialnämnden. Det måste tolkas som ett tecken på bristande respekt för regeringens auktoritet.

Allt detta gjorde Johan Linder till en statsfiende. Det skulle inte bli svårt för henne att få den här mannen dömd. Brottet måste anses som ytterst allvarligt.

Men innan han dömdes ville hon kartlägga hans kontakter med motståndsrörelsen. Det var det som var målet för henne när hon nu gick mot rummet där han hölls inlåst.

*

– Så möts vi då igen, inledde Elin Lund. Vi blev avbrutna sist vi talades vid i går kväll. Så vi får hoppas att det går bättre den här gången.

Johan satt på en stol mitt på golvet. Hans fötter var sammanbundna. Bakom honom stod två av de män som var med under det första förhöret. Mellan dem stod Gustav.

– Jag har förstått att du, Johan Linder, är väldigt fäst vid de två små syskonen, Gustav, som just nu är så nära dig och ändå så hjälplöst oåtkomlig för dig, och Sophia, som vi håller som gisslan i ditt hus (naturligtvis sa hon inte ett ord om att hon lyckats smita). Då inser du nog själv att det är bäst att du svarar på några frågor jag tänker ställa här. Är vi överens?

– Hur ska jag tolka de villkor du ställer upp för vårt "samtal"? Är det våld mot barnen som du hotar med? Det skulle ju i så fall bara förvärra de lagbrott du redan begått genom att använda dem i utpressningssyfte! Hur kan brottsliga handlingar vara en förhörsmetod

152

för polisen? Dessutom sitter jag ju här efter att jag, en vanlig samhällsmedborgare, förts bort med våld från mitt hem utan någon förklaring.

Johan hade haft tid på sig att tänka sig in i vad som väntade honom här i polishuset, och han var helt inställd på att inte låta sig behandlas hur som helst. Ilskan över att två oskyldiga barn kunde utnyttjas av en rättsinstans fick honom på stridshumör.

Men han hade inte förväntat sig svaret från PoSK-chefen:

– Hur naiv får du lov att va, Johan Linder? Tror du verkligen att de gamla demokratiska principerna om rättigheter och lag och rätt fortfarande gäller? Varken du eller dina små skyddslingar kan räkna med några andra regler än de som vi som regeringens representanter ställer upp. Så du har inget val, du måste samarbeta om du inte vill att något hemskt ska drabba barnen. Eller en viss Anneli Thored, för den delen.

Nu blev Johan rädd. Den här kvinnan skulle inte dra sig för att använda sig av vilken lagvidrig metod som helst för att nå sitt syfte med det här förhöret. Och hon skulle ha hela det så kallade rättssystemet bakom ryggen! Han var redan dömd, och straffet, vad det nu kunde bestå i, var redan bestämt.

Och vad skulle hända med barnen? Och Anneli?

– Nu när du vet vad som gäller, återtog Elin Lund, kan du lika gärna ge mig namn och adress på alla du känner till i motståndsrörelsen.

Johan tänkte intensivt. Det var tydligt att hon trodde att han var indragen i det kontaktnät av nykristna som mannen där nere i det hemska bergrummet pratade om innan han dog. *Jag är troende,* hade han sagt, *jag och flera andra i den här lokalen! ... Vi förstod till slut, fast det egentligen var för sent, att tron på Guds Son är det enda hållbara i denna galna värld. Och vi fattade ett gemensamt beslut att bekänna Jesus som Herre. ... Vi hjälpte varandra, stöttade varandra. Någon hittade en bibel och vi läste den i hemlighet så ofta vi hade chansen. ... Nu vet jag att Jesus är sanningen.*

Så hade han sagt, och det var alltså det som den så fruktade motståndsrörelsen handlade om! Det var såna som i likhet med hans egen fru och dotter var kristna – fast de var här var helt färska i sin tro. När det egentligen var försent, som han sagt.

Det var alltså inte den kristna religionen i sig som var bekymret för makthavarna. Inte heller de som av tradition gick till kyrkorna nån gång ibland. Problemet var de som enligt makthavarna gick för långt i sin kristna tro – de som menade sig ha funnit en annan sanning än den som maktens män och kvinnor bestämt ska vara gällande. Den nya regimens version av sanningen var den enda tillåtna. Den kristna läran underminerade maktens anspråk och var därmed ett hot mot samhället. Därför måste den med alla medel bekämpas.

Men han kände ju ingen av dessa "rebeller." Ingen utom möjligen … Han kom plötsligt ihåg hur en av hans medarbetare i bokhandeln, Torkel Björkman, en gång hade anförtrott honom att han vaknat upp för sanningen, den som kyrkorna pratat om.

Men Johan skulle aldrig förråda honom.

– Nå, sa Elin Lund otåligt. Får jag höra nu!

– Jag vet inte varifrån du fått idén om att jag är engagerad i något sådant. Du kan försöka med vad som helst för att jag ska hosta upp något namn, men det skulle inte hjälpa. Jag känner inte till någon.

Han hörde ett kvidande bakom sin rygg. Gustav! De gav sig på Gustav bara för att han inte kunde svara.

De fem följande minuterna blev fasansfulla. Förhörsledaren upprepade sin fråga, och Johan hade fortfarande inget svar. Och Gustavs fingrar drogs ur led, ett efter ett.

– Gör det på mig i stället, skrek Johan förtvivlat.

Till slut stod han inte ut längre. Fortfarande med fötterna fastbundna kastade han sig bakåt mot en av Gustavs plågoandar och lyckades skalla honom. Den andre fångvaktaren kastade sig över honom och slog honom halvt medvetslös.

154

36

Sverker Björkman hejdade sig när han och Sophia närmade sig hans bostad. Det kunde ju faktiskt vara så att huset var bevakat, precis som hans arbetsplats i kyrkan säkert var bevakad. Hans bror Thorkel och andra som han hade haft kontakt med i det kristna nätverket hade flera gånger uttalat misstankar om att de stod under bevakning. I Thorkels fall var det ju uppenbart att det var så. Detsamma tycktes också ha gällt för Johan Linder.

Då skulle det ju vara sällsynt naivt av honom att ta med sig denna lilla sexåriga tjej hem. Om det som hon berättat för honom på vägen var sant, då var hon med säkerhet ett jagat byte. Och varför skulle det inte vara sant? Så mycket visste han om Johans två adoptivbarn att han omöjligt kunde avfärda flickans berättelse som fantasier.

– Sophia, sa han, det var väldigt modigt av dig att berätta så mycket för mig. Jag vill att du ska veta att du kan lita på mig. Och nu ska vi försöka hjälpa din pappa och Anneli. Men då måste vi vara väldigt försiktiga. Och listiga.

Han visade henne en bild som han lagt in i sin mobil. En enkel bild med två bågformiga linjer vända mot varandra och förlängda på ena sidan så att de korsade varandra.

– Ser du vad det här är, frågade han.

– Det ser ut som en fisk.

– Ja, det är en fisk. Jag visar den för dig för att du ska veta att du kan lita på mig. Det är ett hemligt tecken som bara de som tror på Jesus känner till. Om du ser det tecknet så kan du lita på honom eller henne som visar det för dig. Den personen kan hjälpa dig och din bror och din pappa. Bra va?

Sophia tittade honom i ögonen och gav tummen upp. Det skulle hon komma ihåg.

– Det finns ganska många här i Göteborg som har det här fisktecknet, och de kanske kan vara med och hjälpa oss att få din pappa och Gustav fria. Så jag måste prata med dem och bestämma hur vi ska göra.

Han måste räkna med att någon övervakningskamera hade fångat in Sophia och honom själv och att polisen nu riktade sin uppmärksamhet mot dem. Därför måste han handla snabbt. Han hade fått en idé, en mycket djärv idé, och han visste inte om den skulle fungera. Men han måste försöka.

Så mycket stod på spel!

De stod på trottoaren, i eftermiddagssolen, den medelålders kyrkvaktmästaren och den lilla flickan som smitit från sina kidnappare. Kyrkan låg åt ena hållet och Sverkers hem åt det andra. Västerut kunde de ana en glimt av havet. Några knapptryck på mobilen och *Rena rama grekiskan* öppnades i Sverkers mobil, kommunikationsprogrammet som satte honom i förbindelse med vännerna i den underjordiska kyrkan. Han matade in ett antal koder, och signalerna letade sig ut över hela Göteborg och nådde fram till de mottagare som de avsedda för. Inom några minuter visste alla vad som gällde.

*

Elin Lund var irriterad på sin medhjälpares brist på disciplin. Han hade överreagerat. Det fanns ingen anledning att slå Johan Linder sönder och samman. Fångens vilda angrepp var ganska oförargligt

156

och kunde knappast vara värt en så drastiskt behandling. Det skulle på sin höjd tillfälligt kunna störa utfrågningen – och, för all del, kanske orsaka en lättare hjärnskakning på fångvaktaren.

Nu var hon tvungen att avbryta också det här förhöret, precis som det hos Anneli Thorell.

Men hon sa ingenting. Såna små motgångar hörde till jobbet. Nu gällde det bara att göra det bästa möjliga av avbrottet. Gustav satt jämrande på golvet med sina darrande händer hårt knutna mot bröstet. Tårarna rann från hans hopknipna ögon. Intill honom låg Johan i fosterställning och stönade svagt. Det skulle säkert dröja en stund innan det var möjligt att fortsätta utfrågningen, och Elin bestämde sig för att det var läge att kolla hur det stod till i det andra förhörsrummet.

Efter att ha låst dörren bakom sig tog hon sikte på Annelis rum med sina båda medhjälpare i släptåg.

Hon hade inte tagit många steg förrän hon hejdade sig. Höga, upprörda röster nedifrån trapphuset fick henne att reflexmässigt föra handen mot revolvern vid höften. Samtidigt fick hon ett anrop på personsökaren. "Elin Lund anmodas omedelbart infinna sig vid receptionen." Hon ropade till sina två assistenter att följa med och rusade mot närmaste trappa – i nödläge var det förbjudet att använda hissarna.

Larmet nedifrån tilltog i takt med att de tog sig neråt genom våningsplanen. Andfådda och med fullt adrenalinpåslag nådde de till slut entrévåningen. De fick nästan slå sig fram mellan alla upphetsade – och beväpnade – poliser och annan personal för att nå fram till receptionsdisken där de hittade polischefen.

– Det är dig dom är ute efter, Elin Lund, sa han utan att vända sig mot henne.

– Vilka då dom? Vad vill dom?

– Ta en titt i den här övervakningskameran. Säkert ett par hundra minst! Det är såna du lite vårdslöst brukar kalla statsfiender och som du förklarat krig mot. Du hade väl tänkt rensa bort dom ur samhället, eller hur? Det var kanske inte så enkelt som du trodde …

– Längst fram står några som du kanske känner igen. En del poliser, kan man tänka! Och så några som sitter på ledande positioner i samhället. Kan det vara så att du underskattat den förhatliga motståndsrörelsen? Elin blev alldeles vit i ansiktet. Var de så många! Och hur hade de fått med sig de där höjdarna? Och folk från polisen! Var de gisslan? Och hur hade de i så fall lyckats med det? Med all den säkerhetsutrustning som fanns tillgänglig! Eller var de inte gisslan? Var de rent av sympatisörer?

I vilket fall som helst var det förstås omöjligt att behandla det här upploppet på samma sätt som studentdemonstrationen tidigare på dagen.

– Dom har en talesperson som vill prata med dig.

Elin Lund, som var klädd i samma klarröda kavaj och svarta skinnbyxor som när hon tog Sophia som gisslan tidigare på dagen, gick långsamt mot entrén och öppnade dörren. Hon samlade sig för vad som komma skulle. En sådan här situation var hon inte förberedd på, men hon måste visa att hon bemästrade den.

En man lösgjorde sig från folkhopen framför henne. Han var inte ensam. I handen höll han en liten flicka. Elin kände igen henne direkt. Sophia. Hennes egen förrymda gisslan.

– Elin Lund, sa mannen. Mitt namn är Sverker Björkman, bror till en av dem som överlevde i rasmassorna i går kväll. Han dog på sjukhuset idag. Och den här lilla flickan känner du ju. Flera av dem som står här med oss är ju också välbekanta för dig. Och så har vi många med oss som du inte känner. Alla har vi en övertygelse om att det finns en Gud i himlen, och hans ord är sanningen för oss. Nu har vi en enda begäran, och det är att du ska släppa Johan Linder, Anneli Thorell och den här flickans bror, Gustav.

– Du inser säkert att du inte har något val, fortsatte han. Du kanske är överraskad av att se en hel del bland oss som du inte hade förväntat dig stå här. Och du vet mycket väl att det inte vore nyttigt för dig om de kom till skada. Du må ha befogenhet att oskadliggöra oss andra, men dina överordnade skulle inte tolerera att det gick ut över dessa prominenta personer. Och det kan jag försäkra dig: skulle du få för dig att ge order om attack mot oss, så är det de som blir dödade först. Av de vapen som du vänder mot oss.

Han gick närmare. Det han nu ville säga var bara menat för hennes öron. Han höll fortfarande Sophia i handen.

– Om du låter Johan och Anneli och Gustav följa med oss härifrån lovar jag att ingen ska få veta att Sophia är med mig här på grund av din försummelse. Ingen av dem, vars ynnest du är beroende av, kommer att få höra ett ord om det. Vi kan lämna den här platsen utan dem, men då kommer ditt misstag att bli känt. Och det vore en katastrof för dig.

Elin Lund stod svarslös några sekunder. Sedan samlade hon sig – hon fick inte förlora ansiktet genom att ge efter.

– Tror du verkligen att jag duckar för dina hot, svarade hon. Då känner du inte mig. Om jag ger order om att allihop av er ska arresteras, och att polisen ska tillåtas använda vapen mot dem som gör motstånd, vad har du då att sätta emot?

– Du har rätt, då har jag ingenting att sätta emot. Men vad tror du händer om till exempel vår vän kammaråklagaren blir arresterad på din order, och kanske till och med skadad? Eller kommunstyrelsens vice ordförande? Eller de poliser du ser här längst fram? Eller den internationellt kände universitetslektorn här bakom mig? Hur mycket vågar du riskera för tre personers skull?

Elin Lund visste att hon satt i en rävsax. Hon förstod att de hot den här mannen kom med inte var tagna ur luften. Hon skulle kunna hamna i riksrätt om hon gick till angrepp. Samtidigt skulle det betyda en enorm prestigeförlust för henne, och kanske mer än så, om hon gav efter för kravet på frisläppande av de tre.

Hon beslöt sig för att satsa allt på ett kort.

– Som sagt, jag ger ingenting för dina hot. Alla som deltar i den här demonstrationen har offentligt tillstått att de sympatiserar med en olaglig och regeringsfientlig rörelse, och det gäller också de personer du nämnde. De har därmed förverkat sin position i samhället och avsagt sig sin legitimitet. Jag kommer nu att begära av polisen att visitera allihop och anteckna namn och adress. Sedan är ni fria att lämna den här platsen.

– Utan Johan och Gustav och Anneli? frågade Sverker.

– Rätt uppfattat.

Utan ett ord vände Sverker ryggen åt Elin, tog fram en megafon och talade om för demonstranterna vad PoSK-chefen sagt.

– Alla ni som accepterar beslutet, ta två steg framåt.

Ingen rörde sig ur fläcken.

Sverker vände sig på nytt mot Elin. – Som du ser, alla vägrar. Vår begäran står fast.

37

Elin Lund gick tillbaka in i polishuset. Efter några minuters konfere-rande med polischefen gav hon order om att spärra av alla reträttvä-gar och sedan avtvinga alla demonstranter deras namn och adress. Därefter skulle var femte av demonstranterna plus de som uppfatta-des som ledare arresteras, de övriga skulle avvisas från platsen. Om poliserna mötte motstånd skulle i första hand tårgas och vattenkano-ner användas, därefter skarpa vapen.

Sverker stod obeslutsam med megafonen i ena handen och So-phia i den andra. Han såg hur ett stort antal poliser i kravallutrustning snabbt intog sina positioner runt hela gruppen av demonstranter. Vad skulle hända nu? Även om de flesta skulle vara fria att lämna platsen efter att deras namn och adresser antecknats, så var det bara en till-fällig frist. Nu var de inte längre anonyma med sin tro, de var avslö-jade och utsatta för makthavarnas godtycke.

Några skulle förmodligen ge efter och avsäga sig sin nyfunna gudstro. De som ändå vägrade att ge efter skulle med all säkerhet bli utsatta för trakasserier, påtvingad omskolning eller rent av summa-riska rättegångar och dömda till fängelse eller till och med döden.

Många hade familjer som oförskyllt skulle utsättas för myndighe-ternas onåd.

Och Johan, Gustav och Anneli skulle fortfarande vara i polisens våld.

Ingen skulle få vetskap om Elin Lunds allvarliga försummelse när Sophia rymde. Och antagligen hade hon rätt i att de bland de-monstranterna som haft en betydelsefull offentlig ställning i samhället hade förverkat det förtroendet och avsagt sig alla rättigheter i och med sitt ställningstagande för motståndsrörelsen. De kunde inte längre räkna med någon form av immunitet, de var också statens fiender. Och därmed hade Elin Lund inget att bekymra sig för. De var "lovligt byte".

Det var en chansning att ställa dem i första ledet. Men chansningen höll inte.

Hade han alltså förlorat? Hade de allihop förlorat?

Fast å andra sidan, sanningen som de kämpade för, sanningen om Jesus Kristus som Herre med makt att upprätta sitt eviga rike ... den sanningen kunde ingen ta ifrån dem!

Och de delade den med tusentals andra i Göteborg, i Sverige och i hela världen. Den underjordiska kyrkan kunde inte utplånas, *"dödsrikets portar skall aldrig få makt över den"*.

*

De utkommenderade poliserna gick nu till verket, registreringen av deltagarna i demonstrationen skulle påbörjas. Då skedde något som ingen väntat sig och som ingen makthavare i världen hade något vapen mot. I stället för att uppge sitt namn och adress böjde den förste sina knän på gatan, och omedelbart gjorde de som stod omkring honom samma sak. Inom några sekunder hade alla följt deras exempel.

Poliserna, med sina batonger, tjänstevapen och hundar, blev för ett ögonblick förvirrade. Sverker, som fortfarande höll megafonen i handen, satte den nu till munnen och ropade de inledande orden i Herrens bön: "Vår Fader, du som är i himlen." Längre kom han inte förrän en av poliserna slog ner honom. Men bönen fortsatte omedelbart och steg ur strupen på varenda knäböjande demonstrant.

"Låt ditt namn bli helgat. Låt ditt rike komma. Låt din vilja ske ..."

Elin Lund, som nu hade fått sällskap av Peter Levander, rusade fram till Sophia, tog tag i hennes arm och ryckte samtidigt åt sig megafonen som Sverker tappat.

– Ge eld med tårgasgranater, ropade hon. Men låt ingen fly! På det sättet hoppades hon få kontroll över situationen.

"Ge oss idag det bröd vi behöver och förlåt oss våra skulder liksom vi har förlåtit dem som står i skuld till oss ..."

Sophia kände PoSK-chefens hårda tag om hennes arm, men hon trotsade sin rädsla och sparkade så hårt hon förmådde på smalbenet på Elin Lund som överrumplad tappade megafonen. Sophia tog tag i den och ropade allt hon förmådde:
"Be för Gustav också! Och Johan och Anneli!"
Mer hann hon inte förrän Elin slog till henne över huvudet.

"Utsätt oss inte för prövning, utan rädda oss från det onda! Och rädda Gustav ... och Johan ... och Anneli från ..."

Tårgasen gjorde det allt besvärligare att fortsätta bönen, ögonen sved och röken sökte sig ned i strupen på de bedjande.

Några försökte tappert att avsluta bönen samtidigt som poliser med gasmask för ansiktet trängde in bland de knäböjande och slog med sina batonger.

Plötsligt kom återstoden av bönen från ett helt annat håll.

"Ditt är riket. Din är makten och äran i evighet!"

Orden kom uppifrån. Inte från himlen, men en bit åt det hållet. Inte alla uppfattade dem i larmet, men de som gjorde det följde ljudet och såg upp mot polishusets tak sju våningar upp. Där stod tre unga människor fullt synliga och gjorde V-tecknet medan de avslutade bönen åt demonstranterna nere på gatan.

Deras två kamrater befann sig samtidigt två våningar längre ned i huset.

Deras gömställe där på taket hade gett dem en idealisk åskådarplats över händelserna sju våningar under dem. Det de hade hört och sett hade fått dem att ändra sina flyktplaner. De bestämde sig i stället för att hjälpa de tre personer att fly, som demonstranterna begärt skulle släppas fria. Chansen var kanske inte så stor att de skulle lyckas, men de måste göra ett försök. De skulle försöka genomföra det som deras okända vänner där nere på gatan kommit dit för men misslyckats med!

38

Fredrik och Alexander tog sig relativt enkelt och osedda ned till loft-gången på översta våningen. En dörr vid dess bortre ända ledde dem in i byggnaden, och sedan var det inte svårt för dem att lokalisera det rum där Johan var inlåst tillsammans med Gustav och det rum där Anneli fanns. En enda polisassistent hade fått i uppdrag att stå vakt i korridoren. Han var lika lite intresserad av sitt uppdrag som kollegan vid förra tillfället, då när Alexander fritogs. Och lika "villig" att lämna ifrån sig nycklarna till de rum han skulle bevaka.

Fem minuter senare var de på väg alla fem ner genom ett av trapphusen. Både Johan och Anneli var i dåligt skick och kunde bara med stor svårighet röra sig.

Den unge polisen som satts att vakta fångarna var nu själv fånge, inlåst i Johans rum.

Simon, Victoria och Ali var kvar på taket för att avleda uppmärk-samheten från de andras flykt. De hade själva små utsikter att kom-ma undan, det förstod de, men de var beredda att betala priset.

Ali berättade för de båda andra om inskriptionen som han upp-täckt kvällen innan i grottan som varit hans hem hela sommaren.

– Längst in i tunneln … jag såg en fisk. Ritad i stenen. Jag vet det betyder, mina kristna vänner berätta det: "Jesus, Guds son, Fräl-saren." Nu jag har tecknet här! Han pekade på sitt hjärta. De kan inte ta det från mig!

Victoria och Simon avundades flyktinggrabben. De såg att han inte längre var rädd. Det skulle inte dröja många minuter innan ett antal poliser med dragna vapen skulle dyka upp på taket. De måste handla snabbt om de skulle ha någon chans att fly. Men vart skulle de ta vägen? Ali tog kommandot.

– Dom komma här först. Jag stanna. Säger till dom att ni gömt er där ... Han pekade på en ventiltrumma en bit bort på taket. Men ni gå till baksida. Klättra på rep. Spring! Nu!

Simon visste att det fanns en liten chans. Med hjälp av repet skulle de kunna ta sig från loftgången på polishusets baksida och ned mot innegården. Blev de upptäckta skulle de bli ett lättfångat byte. Men ... chansen att lyckas var i alla fall större än noll.

– Kom, Victoria, ropade han medan han sprang.

Men Victoria kom inte. Hon hade fattat ett annat beslut. Hon tog Alis båda händer i sina och såg honom desperat i ögonen.

– Ali, jag vill också ha det där tecknet i mitt hjärta. Fisken du pratade om. Om Jesus, frälsaren. Hur gör jag då?

Alis ansikte sprack upp i ett stort leende.

– Du be så här: Jesus, jag bekänner (Victoria upprepade hans ord) ... som alla kristna gjort i två tusen år ... att du är Guds son, frälsaren ... Tack för att du dog för mig också ... Förlåt mig min synd ... Amen.

– Är ... är det så enkelt? sa hon förundrad. Och så besvarade hon sin egen fråga: – Ja! Så enkelt är det!

Något underbart hade hänt henne på insidan. Hon kände det!

I nästa ögonblick rusade flera poliser, beväpnade med automatvapen, fram mot dem och omringade dem.

– Händerna på huvudet! Ned på knä!

Två brett leende ungdomar gjorde som de blev tillsagda.

*

Simons hjärta bultade hårt där han hängde i repet tre våningar ned från taket och bara väntade på att få höra poliskommandon långt nedifrån. Men det var ett annat ljud som överröstade hans hjärtslag, och det kom uppifrån taket. Det var två skott med bara några sekunders mellanrum. Och han förstod.

Ali, flyktinggrabben, skulle aldrig mer fly.

Kanske hade det andra skottet släckt Victorias liv? Han visste inte. Inte heller visste han när det tredje skottet skulle avlossas, det som var avsett för honom själv.

Men det som strax efteråt nådde hans öron var något mycket hemskare.

*

Elvi Stenberg stod vid fönstret på andra våningen och försökte uppfatta vad som pågick där nere på gatan framför polishuset. Hon hade rätt bra utblick där hon stod, men hon kunde omöjligt höra något av det som sas.

Hon vågade inte gå ut på utsidan som de flesta andra som jobbade i huset verkade ha gjort. Hon borde nog inte ens stå där vid fönstret. Hennes plats var framför skärmarna inne på hennes arbetsrum som låg på andra sidan korridoren, mot husets baksida. Nu äventyrade hon säkerheten för hela poliskåren och alla andra anställda i polishuset, eftersom det var hennes uppgift att hålla koll på bilderna från övervakningskamerorna runt om i byggnaden.

Hon såg förundrad hur den stora hopen av demonstranter där ute böjde knä, som i bön. Sedan blev scenen framför henne rent motbjudande när ett antal militärpoliser gick till samlad attack rakt in bland de knäböjande med tårgas och batonger. Men demonstranterna gjorde ingen ansats att försöka fly eller ens att avbryta sin knäaktion. Det såg helt absurt ut.

Plötsligt såg hon något som gjorde henne medveten om sitt eget ansvar. Några av poliserna där ute pekade hetsigt upp mot taket ovanför henne. Det fanns tydligen någon eller några där uppe som det var hennes uppgift att hålla koll på!

Hon rusade snabbt tillbaka till sitt arbetsrum för att kolla skärmarna. Kamerorna där hade fångat in två civilpersoner som stod längst fram vid kanten av taket. Hon lät larmet gå ut i högtalarna. De skulle inte ha en chans att komma undan!

39

Elin Lund grimaserade och gned sig på sitt ömmande smalben. Hon fick bara inte förlora initiativet nu inför sina kolleger och inför polischefen. Måste visa att hon kunde hantera situationen och inte låta en flicksnärta få henne ur balans.

Hon hade blivit närmast chockad över att de var så många, dessa motståndsmän och kvinnor. Och så modiga. Nu måste hon slå till hårt och beslutsamt. Hon visste att det var hennes karriär, eller till och med hennes liv, som stod på spel.

Det var deras liv, eller hennes, som gällde nu.

Eftersom de hade vägrat att uppge namn och adress och i stället utfört denna ... knädemonstration, så hade de ju faktiskt själva valt det hårda svaret. Och om det fanns ännu fler regimmotståndare, vilket inte kunde uteslutas, så hade hon ju fortfarande Johan Linder och Anneli Thored att pressa information från. Och Sophia skulle fortsätta att "hjälpa" henne med det.

Nu var det hon som hade kontrollen. Hon skulle visa alla att hon var kapabel att slutföra det uppdrag som vilade på henne. Motståndsrörelsen skulle krossas!

Beslutet var fattat. Ingen av demonstranterna framför henne skulle skonas, inte heller de uppe på taket ovanför henne. Bara flickan.

– Peter, håll flickebarnet hårt och vänd henne mot alla.

Så tog hon megafonen. Nästan all personal, som hade Polishuset som arbetsplats, däribland hennes eget specialkommando och ett antal kravallutrustade militärpoliser, stod där och inväntade hennes order. Ett tjugotal beridna poliser var utplacerade runt de fortfarande

168

knäböjande demonstranterna för att hindra att någon av dem flydde. En hel del nyfikna åskådare hade börjat fylla gatorna i närheten. De kunde också få höra – i förebyggande syfte – vad som väntade sådana som vände sig mot regimen.

– Dessa fiender till staten och folket har med sin aktion idag gjort sig förtjänta av det enda möjliga svaret från myndigheterna. Därför kommer jag nu att beordra likvidering av samtliga. De har avvisat möjligheten till benådning och därmed skrivit under domens giltighet.

Hon lät orden sjunka in innan hon fortsatte. Det var viktigt att alla, inte minst de poliser som skulle verkställa ordern, förstod att det var för allmänhetens bästa som beslutet fattats. Det fick inte finnas någon tvekan om nödvändigheten i det som nu skulle ske. Hon vände sig nu till Peter Levander som höll upp Sophia så att alla kunde se henne.

– Det är för den här lilla flickans skull och för det uppväxande släktets skull som vi tvingas vidta denna åtgärd.

Hon hade formulerat sitt alibi för den roll hon måste spela i det blodiga skådespel som väntade. Nu var det bara den nödvändiga ordern som återstod.

Då hördes plötsligt ett skott uppifrån polishusets tak. Någon sekund senare följdes det av ytterligare ett skott. Det var som om det var signalen till de femtiotal poliser som stått beredda på marken nedanför. Innan Elin Lund hunnit säga ett enda ord var den brutala slakten av de knäböjande männen och kvinnorna igång.

*

Det första polisskottet uppifrån taket nådde Elvi Stenbergs öron, och strax efteråt ett skott till. Skärmen framför henne bekräftade att de båda inkräktarna var oskadliggjorda. På en annan skärm såg hon hur fem personer på våning sju, tre män, en kvinna och ett barn, halvsprang mot trapphuset. Hon zoomade in kvinnan … och flämtade till. Anneli Thored! Hon hade ju hört några av kollegerna prata om att en socialsekreterare hade arresterats, men att det var hennes väninna Anneli de pratade om kom som en chock. Senast de hade haft kontakt med varandra handlade det om ett något udda adoptionsärende.

Och nu var hon på flykt i något som liknade en fritagning!

Elvi visste att hon genast borde slå larm. Att inte göra det skulle vara högsta graden av tjänstefel, och det skulle komma stå henne dyrt. Ändå tvekade hon. Bilden av de knäböjande demonstranterna där ute på gatan nyss och nu bilden av hennes flyende vän Anneli och de andra på skärmen framför henne gjorde något med Elvi Stenberg. Och när ljudet av de första skotten utifrån gatan nådde henne fattade hon sitt beslut.

Hon tänkte inte bli den som skickade Anneli Thored och hennes vänner in till lejonen. De båda på taket var förlorade. De hade ju blivit upptäckta redan innan hon hann slå larm. På framsidan av polishuset mejades den ene efter den andre av de hundratals demonstranterna ned i ett lika mekaniskt som meningslöst dödande. Men de fem på sjunde våningen kunde fortfarande räddas undan vansinnet hos ett dekadent rättssamhälle. Och hon skulle se till att det blev så.

Medan skotten ekade där utifrån släckte Elvi Stenberg ned skärmarna och skyndade ut ur rummet.

170

40

Det hade gått flera timmar sedan Fredrik Paulsson hade tagit sig in i polishuset tillsammans med Victoria Landberg och Simon Redler. Till en början hade den noga planerade aktionen gått efter ritningarna. De hade lyckats med det första steget i fritagningen av Alexander och Ali. Men sedan hade alltihop tagit en vändning som hade ändrat förutsättningarna. Så nu när Fredrik snabbt föste Alexander, Johan, Anneli och Gustav in genom dörren till trapphuset högst upp kände han sig absolut inte lika säker som han försökte ge intryck av. Han fick helt enkelt lov att improvisera och hoppas på det bästa.

Adrenalinet pumpade och gjorde att Fredrik varken kände trötthet eller hunger efter många timmar utan mat och vila. Han sa åt de andra att vänta högst upp i trappan tills han själv hunnit ned ett våningsplan för att se om kusten var klar. Sedan skulle de upprepa samma procedur en våning i taget.

Det gick bra i tre våningar. De poliser och tjänstemän som vanligtvis rörde sig överallt i huset under dygnets alla timmar hade nu vänligheten att hålla sig borta från deras flyktväg. Övervakningskamerorna borde ha avslöjat dem, men tydligen fanns det inte heller någon bemanning vid de skärmar som tog emot bilderna. Hur länge skulle deras tur hålla i sig?

Som svar på hans undran fick han se hur dörren till trapphuset en våning ned plötsligt öppnades och två poliser dök upp. Fredrik upptäckte dem innan han själv hunnit ta de första trappstegen nedåt från fjärde våningen. Vilket ögonblick som helst skulle de två poliserna vända blicken uppåt och upptäcka dem.

Sekunden efter det att dörren bakom de båda poliserna slagit igen öppnades den på nytt. En kvinnlig polis som såg ut att ha ett brådskande ärende gjorde entré och tilltalade de båda andra.

Medan de diskuterade tecknade Fredrik åt Johan och de andra att backa utom synhåll nedifrån. Han förstod att det bara handlade om sekunder innan deras flyktförsök skulle vara över. Då såg han hur de två första poliserna helt oväntat vände tillbaka genom dörren och försvann ut i korridoren på andra sidan. Men kvinnan var kvar! Till sin häpnad såg Fredrik hur hon tog några snabba kliv uppåt i trappan, rakt mot honom, samtidigt som han hörde Anneli en bit längre upp ge till ett svagt rop. – Elvi, är det du?

Poliskvinnan satte ett finger för munnen medan hon tog det sista steget fram mot dem.

– Jag tänker hjälpa er, viskade hon snabbt. Jag vet hur ni ska ta er ut, följ bara efter mig så tyst ni kan.

Fredrik var inte säker. Kunde han lita på henne? Å andra sidan hade han ju faktiskt inget val. Och om Anneli kände henne fanns det kanske en liten chans ...

Under några nervpressande minuter lotsades den lilla gruppen genom kodade dörrar, nedför trånga trappor, genom mörka kulvertar.

Mitt i den fientliga maktens högborg. Anförda av en av den fientliga maktens egna.

Det var en labyrint av underjordiska gångar, vars existens inte ens de detaljerade kartor som Fredrik, Simon och Victoria hade studerat natten innan hade avslöjat.

Sista järndörren ledde ut på en parkeringsplats.

– Här släpper jag ut er. Ni befinner er vid nordöstra hörnet av Nya Ullevi. Men låt ingen, inte ens jag, få veta vart ni tänker ta vägen. Jag måste tillbaka. Kanske kan jag göra något för din syster också, sa hon till Gustav. Be för henne.

*

Det var märkligt tyst efter de två skotten uppifrån taket. Simon firade

172

sig långsamt nedför fasaden på polishusets baksida. Nu kunde han räkna till våning fyra uppifrån. Bara tre kvar. Hur länge till skulle han undgå att bli upptäckt? Han kände det som om varje centimeter närmare marken var en bonus på hans utmätta livstid.

Det var inte rimligt att hoppas på att turen skulle hålla i sig många sekunder till.

Plötsligt hörde han det dämpade ljudet från upprepade skottsalvor från andra sidan byggnaden. Han blundade hårt, som om det kunde utestänga det fasansfulla som han visste utspelades där på framsidan. Och han tänkte, att det skulle räcka med att en enda av dessa kulor riktades mot honom, så skulle allt vara över också för hans del.

Men det fanns ingen där på hans sida om byggnaden. Ingen kula hittade fram till honom.

När han drygt en minut senare nådde marken på polisens innegård slog det ohyggliga ljudet från gatsidan fortfarande mot hans trumhinnor.

Vad var det för brott de hade begått, de där människorna som han blickat ned på uppifrån taket? Hur kunde de avrättas bara så där rakt av? "Vår Fader", hade de bett. "Du som är i himlen ..." Var det det som stack så i ögonen på myndigheterna? Att de vädjat till en annan makt än regeringens?

Plötsligt kände Simon ett behov av att be på samma sätt. Han befann sig, mot alla odds, på marken. Ännu inte i säkerhet förstås, men han levde fortfarande. På lånad tid. Hur länge till? En minut? Femton minuter? Hela dagen? Chansen att komma härifrån med livet i behåll var verkligen mikroskopisk! Och om – eller snarare när – han skulle bli dödad ville han dö på samma sätt som de där på framsidan, med en bön på läpparna, en bön till himlen.

"Vår Fader, du som är i himlen, ske din vilja, förlåt oss vår skuld ... förlåt *mig* min skuld ..."

*

173

– Det hänger ett rep från taket mot innergården, ända ned till marken. Du borde veta något om det. Vad handlar det om?

När Elvi öppnade dörren till sitt arbetsrum satt hennes närmaste chef framför en av skärmarna med bilder från övervakningskamerorna. Hon försökte febrilt komma på en trovärdig förklaring till repet och samtidigt ge sig själv alibi för att ha lämnat sin plats framför monitorerna.

– Vi fick ett larm om att några civilister befann sig illegalt på sjunde våningen, och eftersom de flesta av poliserna och personalen var utanför entrén fick jag order om att hjälpa till med att lokalisera de obehöriga personerna. Och repet ... måste ha tillhört de där två du vet som sköts på taket. Antagligen hade de planerat att fly med hjälp av repet, men så kom de inte så långt innan de upptäcktes.

Hon var osäker på om han köpte hennes förklaring. Han såg ut att ha svårt att bestämma sig. Till slut sa han, helt lugnt:

– Du fick order, sa du. Av vem? Vem beordrade dig att lämna det här rummet?

Plötsligt tog han ett häftigt tag om hennes axlar och skrek:

– Här är det jag som ger order! Jag kommer att anmäla dig för att ha åsidosatt ditt ansvar. Du förtjänar disciplinär bestraffning som motsvarar ditt brott.

Elvi såg honom lämna rummet i ursinne. Hon stod kvar mitt på golvet, darrande av rädsla. Hon kände mycket väl till vad disciplinär bestraffning betydde. Hon skulle inte bara förlora sitt jobb. Hon skulle förlora sitt liv.

Hon måste fly. Precis som Anneli och hennes vänner.

DEL 3

"Natten skall vika där ångest nu råder"

(Jesaja 9:1)

41

På långtidsparkeringen utanför Göteborgs centralstation stod en röd Renault parkerad. Den hade stått där i tre dagar och såg övergiven ut. På vindrutan lyste en ilsket gul plastremsa.

Övergiven var den nog, men inte bortglömd. Polisen höll den under noggrann uppsikt i hopp om att den kvinnliga ägaren, eller någon bekant till henne, skulle dyka upp för att hämta den. Då skulle man slå till. Men antagligen var kvinnan för smart för det, vilket hon bevisat genom att ha lyckats hålla sig undan lagens arm i mer än ett dygn. Men man kunde aldrig veta säkert.

Anneli Thored hette hon. Både hon och mannen som hon var tillsammans med, Johan Linder, var ett eftertraktat byte för säkerhetspolisen. Båda sågs som nyckelpersoner i regeringens ansträngningar att komma åt och eliminera den illegala motståndsrörelsen, som utgjorde ett allvarligt hot mot dem som hade makten i landet. Båda hade gripits under katastrofnatten, men de hade sedan, på ett för ordningsmakten besvärande sätt, sluppit ur säkerhetspolisens grepp.

Visserligen hade flera hundra misstänkta regimmotståndare röjts ur vägen under gårdagen tack vare ett beslutsamt och skoningslöst agerande av Polisens Specialkommando. Men Elin Lund, PoSK:s chef, var inte så naiv att hon trodde att denna illegala rörelse var knäckt för gott. Det vore tjänstefel att räkna med att dessa fanatiker nu efter polisens resoluta ingripande skulle krypa fram ur sina hålor och be om nåd.

Frågan var bara hur många av dem som fanns kvar. Och om de, trots allt, skulle kunna locka till sig fler.

Därför var det högst olyckligt att Johan och Anneli kommit undan. De två satt helt klart på nödvändig information om motståndsrörelsen.

Olyckligt var det också att Elvi Stenberg hade flippat ur och gjort gemensam sak med fiendesidan. Hon hade varit en av de mest meriterade och pålitligaste av säkerhetspolisens medarbetare, en given arvtagare till Elin Lund om och när hon en gång skulle ställas åt sidan. I stället hade hon förrått sina arbetskolleger.

Förutom att hon hade bytt ut både sin lojalitet och sin framtida karriär och gjort Johans och Annelis flykt möjlig, hade Elvi också synliggjort ett annat problem: Det fanns svaga punkter i den rigorösa säkerhetsorganisationen runt PoSK och polisväsendet. De svaga punkterna bestod av medarbetare med kluven lojalitet. Det fanns säkerligen många som inte helhjärtat ställde upp på maktens villkor, men de flesta av dem var inget bekymmer. Problemet var det fåtal som också hade mod att följa sina tvivel – som vågade göra revolt.

Som Elvi.

De kunde, i alla fall på kort sikt, åstadkomma stora prestigeförluster för den nya regimen.

Innan Elvis dödsdom verkställdes hade hon erkänt (under tortyr) att hon hjälpt inte bara Johan, Anneli, Gustav och Alexander till frihet, utan också en kille som varit med i den spektakulära fritagningen och tagit sig ned från polishusets tak med hjälp av ett rep.

*

Det fanns egentligen bara ett ställe som de skulle kunna bege sig till efter att Elvi hjälpt dem ut i friheten: Fredriks och Simons gemensamma studentlya. Alexanders rum var med all säkerhet bevakat, likaså Johans hus i Askim och Annelis lägenhet i Västra Frölunda. Sannolikt också Alicias bostad. Men varken Fredrik eller Simon hade identifierats i någon övervakningskamera medan de utförde sin aktion i polishuset, det var de ganska övertygade om. Elvi var den enda som sett dem, och hon var död.

Studentlyan låg högst upp i ett hyreshus i Majorna, och det blev under några dagar en tillflykt för sex personer, varav ett barn, Gustav, och en kvinna, Anneli. Det var trångt i de två små rummen, men uthärdligt. Fredrik och Simon turades om att handla mat och andra nödvändiga ting. För dessa båda var det också viktigt att leva sina liv som vanligt för att undvika att dra på sig misstankar. Därför såg de till att bli inskrivna på Göteborgs universitet, som låg några kvarter söder om Vallgraven. Pedagogen, deras tidigare campus, var alltför skadat för att någon undervisning skulle kunna bedrivas där, och studenterna som skulle ha börjat en ny termin där hade fått söka sig till någon av universitetets andra filialer.

Johan och Anneli förstod att vistelsen i studentlyan måste bli tillfällig. De måste på något sätt hitta nästa steg, att komma vidare med sin vardag och skapa en framtid för sig själva och Gustav. Enda möjligheten var att få kontakt med någon i den underjordiska motståndsrörelsen som de alltså själva blivit förknippade med av Säkerhetspolisen. De var ganska säkra på att långt fler än de som demonstrerat utanför Polishuset var engagerade i den rörelsen. Dessa människor var deras enda chans. I den "vanliga" världen var de efterlysta, stämplade som fiender till staten, utan möjlighet till ett normalt liv.

I deras belägenhet var det naturligtvis både riskfyllt och knepigt att få kontakt med någon som kunde hjälpa dem. Även om de kände någon som var villig att sätta sin egen säkerhet på spel, så var det näst intill omöjligt att meddela sig med den personen. Deras telefoner hade beslagtagits, och även om de hade haft telefon skulle de inte våga använda den. Lika olämpligt var det att söka upp en möjlig kontakt i hans eller hennes bostad eller arbetsplats.

Ändå kunde Johan inte släppa tanken på att försöka nå den ende han kom att tänka på. Fred Johnsson, hans gode vän och kollega i bokhandeln. Redan innan hela den här förfärliga cirkusen startade hade de känt en samhörighet växa fram: de upptäckte att de delade en spirande tro på att kristendomen kunde ha svaret på deras djupaste frågor. Skulle han våga ta kontakt med Fred om möjligheten öppnades?

Dagarna i studentlyan var också fyllda av en plågsam oro för vad som hänt med Sophia. Tankarna på henne var som en enda lång mardröm som aldrig släppte taget om dem. Om inte annat måste de leva vidare för hennes skull. För hennes skull måste de få kontakt med de människor som inte gett upp sitt motstånd mot en despotisk, gudlös regim. Både hon och Gustav var värda en annan framtid än som förslavade medborgare i en värld styrd av ondska och förtryck.

Johan tänkte kämpa för sina barns integritet och frihet. Och Anneli tänkte stå med honom i den kampen.

42

Fred Johnsson låste upp dörren till bokhandelns personalingång. Han var morgonmänniska, och därför hade han inget emot att vara först på plats för att ställa i ordning för en ny dag på jobbet. Men de senaste dagarna hade det varit jobbigt. Det katastrofala ovädret några dagar tidigare hade orsakat en del skador på fastigheten där bokhandeln hade sina lokaler, och nu kände han bara olust inför varje arbetsdag. Till en del berodde det på att det nu sällan kom in någon i butiken för att handla, och även beställningarna via nätet hade minskat drastiskt. Hela tiden hängde frågan i luften: hur länge skulle han ha sitt jobb kvar? Dessutom hade en av bokhandelsbiträdena omkommit i den fruktansvärda rasolyckan. Torkel Björkman.

Men mest var det oron för vad som hänt Johan Linder som plågade honom. Ända sedan den där dagen när han kom till jobbet och hade två barn med sig som han tänkte adoptera, hade Fred fått en ny respekt för sin chef. Inte bara respekt, för resten, en allt starkare vänskap hade växt fram dem emellan. Han anade att det hade med händelserna i början av året att göra. De mystiska försvinnandena. Det chockerande ljuset. Den ödesmättade känslan av dom. Och så tanken som inte lät sig tystas: att förnekandet av Guds existens kanske var förhastat.

Han hade förstått att Johan brottades med samma frågor som han själv. Och de hade börjat prata om det. De hade till och med anförtrott varandra att de börjat glänta på dörren till den tro som kyrkan predikade.

Men sen hade Johan bara försvunnit. Och Fred anade att detta hade ett samband med just de frågor de börjat samtala om. Att närma sig kyrkdörren var farligt i det nya samhälle där regimen själv gjort sig till gud. Stod han, Fred Johnsson, nu på tur att bli avslöjad för samhällsfientlig böjelse? Kanske hade Johan själv tvingats berätta om deras vänskap?

Nej, han ville inte tro det. Men ovissheten om Johans egen situation plågade honom.

När Anna, den gamla trotjänarinnan på bokhandeln, anlänt denna morgon hade Fred fattat sitt beslut. Så snart de stängt för dagen skulle han försöka ta kontakt med någon kyrka i stan. Det fanns ju förstås ganska många att välja bland, och han förstod också att de flesta skulle vägra svara på frågor av rädsla eller i alla fall av försiktighet. Men han måste börja någonstans.

Han tänkte börja med den kyrka som fanns nära Johans bostad. Han visste att Torkel Björkmans bror, Sverker, var vaktmästare i den kyrkan. Hur stor var chansen att han jobbade ikväll? Och vad skulle han i så fall kunna förvänta sig av det mötet?

Men, som sagt, han måste börja någonstans.

43

Alicia Björkman kände bara en förfärande tomhet inom sig. Det var illa nog att hon förlorat sitt jobb, men nu efter Torkels död hade hon helt tappat fotfästet i tillvaron. Det enda som kanske skulle kunna ge henne en möjlighet att bearbeta sin sorg och kunna gå vidare i livet var att försöka ta reda på vad det handlade om, det som han berättat för henne på sjukhuset alldeles innan han tog sitt sista andetag.

Så nu stod hon utanför porten till kyrkan där Sverker, Torkels bror, haft sin arbetsplats. Egentligen hade det legat närmast till hands att fråga Johan Linder vad han visste om Torkel och hans hemliga liv. De hade ju varit arbetskamrater länge, och kanske kände de varandra bättre än hon förstått. Men trots många försök hade hon inte lyckats få kontakt med honom.

Hon visste ju att hennes svåger var kyrkvaktmästare i Askim, och därför blev "hans" kyrka den enda plats hon kunnat komma på för att söka ledtrådar. Om hon någonstans skulle få hjälp att förstå vad som hänt Torkel så måste det vara här, tänkte hon. I kyrkan i Askim.

På anslagstavlan utanför kyrkan hade hon läst namnen på dem som var anställda i just den här församlingen, och där hade också svågerns namn stått: Sverker Björkman, kyrkvaktmästare.

Sedan hade hon tryckt ned handtaget i kyrkporten, och till hennes förvåning var det öppet.

Det tog en stund för henne att vänja sig vid halvmörkret och den svala luften efter ljuset och värmen utanför. Kyrkorummet var en främmande värld för henne. Och det som denna sakrala byggnad var byggd för var lika främmande.

Hon mindes så väl den tidningsrunda hon var ute på för bara några veckor sedan, då rubriken lyste mot henne på vart enda tidning som hon stoppade ned i brevlådorna:

"HÄRIFRÅN LEDDES STRIDEN MOT KYRKAN"

Resten av förstasidan upptogs av en stor bild på en dåligt underhållen villa i Askim. Bildtexten förklarade: *"Det var denna något förfallna villa som var högkvarter för hatkampanjen mot landets kyrkor – en kampanj som många nu anser oförtjänt och missriktad."* Själv ville hon inte räkna sig till de "många" som enligt bildtexten nu plötsligt ville ställa sig upp och försvara kyrkorna. Hon ville inte heller försvara det våld som fienderna till den kristna tron ibland tagit till. Det gick nog till överdrift ibland. Däremot kunde hon inte ställa upp på det som religionen och kyrkorna stod för.

Att Sverker var kyrkvaktmästare hade hon naturligtvis inte kunnat säga något om, det var hans beslut. Kanske var det bara ett jobb som vilket annat jobb som helst. Men det som hans bror, hennes egen man, hade avslöjat på sin dödsbädd hade gjort henne både skrämd och – måste hon motvilligt erkänna – nyfiken.

Det enda som Alicia visste om vad en byggnad som denna användes till, var att en del gifte sig där och sedan lät döpa sina barn där. Och framför allt att folk begravdes där. Hon hade ju förstått att det också hölls mässor och ibland konserter i kyrkorna. Men hon hade aldrig känt sig manad att själv söka sig till en kyrka.

Inte förrän nu. Och det, alltså, på grund av vad Torkel berättade för henne.

Fanns det verkligen någonting i detta ödsliga kyrkorum som kunde hjälpa henne att hitta svaret?

Hon ryckte till när hon hörde kyrkporten slå igen bakom henne. Det lilla dagsljus som följt med henne in försvann i samma ögonblick. Hon tog hastigt några steg in mellan bänkarna till höger om henne. Hon försökte kontrollera sin snabba andhämtning så att det inte skulle höras att hon fanns där. Var hon förföljd? Hon visste ju att staten bara nätt och jämnt tolererade att folk gick till kyrkan en gång i veckan, när den "godkända" prästen höll sin godkända söndagsmässa. Att någon gjorde ett kyrkobesök "vid en icke godkänd tidpunkt" väckte ju förstås misstankar.

I halvmörkret urskilde hon en gestalt. En man. Han gick försiktigt och trevande mittgången fram. Han såg inte alls ut som någon som var där i ett polisiärt ärende. I stället tyckte hon att det var något bekant över hans mörka silhuett. Det kunde ju naturligtvis vara någon som hon mött på en av sina tidningsrundor i just det här området. Men han såg faktiskt mer bekant ut än så.

Plötsligt kom hon ihåg ett tillfälle under våren då hon följt med Torkel till bokhandeln och fått hälsa på hans arbetskamrater, bland dem Johan Linder, hans närmaste chef. Det måste ha varit då hon sett honom, mannen som nu dök upp här i kyrkan! Torkel hade presenterat honom som Fred nånting och skämtat om att det var han som brukade mäkla fred när det nån gång hettade till bland kollegerna. Trots det dunkla ljuset i kyrkan kände hon igen hans lite säregna utseende. En påtagligt sluttande panna, en framträdande näsa, en kal hjässa som tydligt avtecknade sig mot det tjocka krulliga håret i nacken, snabba huvudrörelser åt båda sidorna, som om han hela tiden anade hotande faror i skuggorna.

Skulle den mannen kunna ge henne några ledtrådar till att förstå Torkels hemlighet? Var det en ödets skickelse som hade sänt honom i hennes väg? Hon kunde bara inte låta tillfället gå henne ur händerna!

Alicia tog ett steg mot honom, harklade sig lågt.

– Ursäkta mig …

Han snodde runt, skrämd, överrumplad.

– Förlåt mig, fortsatte hon snabbt, visst är du arbetskamrat med Johan Linder? Och med Torkel Björkman? Jag heter Alicia, Torkels fru.

Mannen slappnade av. – Ja, det stämmer. Fred Johnsson.

– Vi hälsade på varandra en dag i våras när Torkel tog med mig till bokhandeln.

– Ja, nu minns jag det. Jag vet att din man dog i rasolyckan härom dagen, och jag beklagar verkligen sorgen. Känns konstigt att gå till jobbet nu när han inte finns där. Och så är ju Johan Linder också borta, förhoppningsvis tillfälligt. Jag vet inte vad som kan ha hänt med honom ...

– Vågar jag fråga... Hur väl kände du Torkel? Jag menar, sa han nåt till dig om att han var med i nån slags underjordisk verksamhet? Fred tittade nervöst upp i taket. Kanske satt det nån mikrofon där som tog upp deras samtal? Eller nån kamera med infrarött ljus som registrerade dem just nu?

Han drog diskret med henne mot det vänstra hörnet längst ned i kyrkan. På en smal hylla vid ryggstödet på den nedersta bänken stod en liten modell i trä av kyrkan, inte mer än ett par decimeter hög och knappt en decimeter bred. En förkrympt kyrka – var det vad som återstod av den kristna religionen i Sverige, tänkte Alicia. Bara en minnessak som inte duger till något annat än att berätta om en snart bortglömd företeelse i landets historia.

– Uppriktigt talat är jag inte särskilt bekväm med den här situationen, sa Fred. Det kanske inte finns några mikrofoner eller kameror här i kyrkan, men jag kan ju inte heller säkert veta om du inte trots allt är nån hemlig agent åt polisen – även om jag har väldigt svårt att tro det. Och även om du inte är det, så kan du ju bli arresterad och förhörd av någon anledning. Och då räcker det ju med att du varit gift med Torkel. De kan mycket väl vara intresserade av att veta hur mycket du känner till.

– Jag förstår din tvekan, svarade Alicia. Och jag klandrar dig verkligen inte om du inte vill säga något. Och ändå, du är den ende jag kan vända mig till. Hon såg vädjande in i Freds ögon.

– Jag *måste* få vet lite om vad det var som Torkel var så engagerad i. Jag måste få veta om det som tog hans liv bara var en dröm, en utopi, eller om det var något som verkligen betydde något.

– Okej, jag ska berätta, det är jag nog skyldig Torkel om inte annat. Jo, det var verkligen en djup övertygelse som motiverade honom. Vi pratade mycket, han och Johan och jag själv, om det som var kyrkans egentliga budskap. Fram till det där märkliga som inträffade i

186

våras hade det inte betytt nånting för oss, det hade liksom inte funnits på kartan för nån av oss. Men efter den där dagen var det som att ... det var som att insikten plötsligt drabbade oss: Prästerna hade rätt! Bibeln hade faktiskt rätt! Det fanns ingen annan förklaring till det som hände. Johan och jag hade svårt att acceptera det först, men Torkel blev övertygad från början.

– Vi förstod snart att vi inte var ensamma. På olika vägar fick vi kontakt med allt fler som tänkte i liknande banor, och många hade samma berättelser som Johan: om nära och kära som plötsligt inte fanns längre. Det var då vi såg det så tydligt: det var den kristna tron som de hade gemensamt.

Han blev ivrig, verkade angelägen om att förklara för Alicia så att hon verkligen skulle förstå.

– Det var som ett uppvaknande, som en ... en plötslig upptäckt: här fanns ju ett alternativ till den avhumanisering av hela samhället som var på väg. Vi såg att den kristna tron hade ett annat och attraktivare svar på alltings mening. Det var *så* många som gjorde samma upptäckt – man skulle nästan kunna kalla det för en väckelse. Man såg skillnaden, och fler och fler valde att ta steget och bekänna sig till den kristna tron.

– Men vi var så nya i tron, allihop, fortsatte han. Det var så mycket vi inte förstod. Vi var säkert omogna och gjorde misstag. Och gör det fortfarande. Men vi kunde inte gå tillbaka! Övertygelsen vi bar på, den sanning vi upptäckt, drev oss vidare. Och den drev oss tillsammans. Vi behövde ledare som höll oss samman och inspirerade oss. Torkel var en av dem, liksom hans bror Sverker.

– Kanske var det därför han inte vågade berätta för dig. För det var ju förstås farligt. Bara antydan om att det kunde ligga nånting i den kristna tron stämplar dig som statsfiende. Att gå i kyrkan av tradition och lyssna till predikan av en präst som är köpt av regeringen är än så länge inget brott. Men att öppet bekänna sig till den kristna läran är högförräderi. Den strider ju på varje punkt mot den nya regimens program. Därför tvingades din man att vara mycket försiktig. Speciellt som många var beroende av honom.

Han tystnade. Som om han var rädd att han sagt för mycket. Han tog lite tafatt Alicias hand. Och så sa han:

– Vi borde nog ge oss iväg nu. Jag hoppas verkligen inte att jag har skaffat dig nya bekymmer med det här, du har nog ändå med att försöka fortsätta ditt liv nu efter din mans död.

Hon tryckte hans hand med sina båda händer och viskade:

– Det ska du veta, Fred: jag är djupt tacksam för att du vågade berätta för mig. Det betyder mer än du kan ana.

Hon skulle just fråga om de kunde mötas vid något mer tillfälle – det var ju så mycket mer hon ville veta. Men hon hann inte. Kyrkdörren öppnades hastigt och ljuset utifrån strömmade in i kyrkan.

44

– Så det var alltså här som du träffade Sverker Björkman, sa Elin Lund och drog med sig Sophia in i kyrkan med ett fast grepp om hennes arm.

– Nej det var det inte.

– Men du sa ju det när vi äntligen hittat hit!

– Nej, det var inte här inne vi träffades. Det var *utanför* kyrkan.

– Jaja, okej då. Vad gjorde ni sen? Ringde han till nån?

– Nej, det gjorde han inte.

PoSK-chefen ställde sig på huk framför flickan, såg in i hennes ögon och sa allvarligt:

– Visst vill du väl träffa Gustav och din nya pappa? Då är det viktigt att du berättar allt du vet för mig.

– Han ringde inte till nån, men han hade en fisk i telefonen.

– En fisk?! Driver du med mig?

Sophia skakade energiskt på huvudet. – Nej, han visade den för mig. Sen skrev han nåt i telefonen.

Elin Lund bestämde sig för att flickebarnet talade sanning. Det här med bilden av en fisk måste betyda något speciellt, en kod, kanske. Hon måste lägga det på minnet.

I nästa sekund såg hon att Sophia stirrade på något. Hade hon sett nånting där i de mörka skuggorna längst bak i kyrkan? Hon vände sig om och spanade åt det håll Sophia tittat men kunde inte upptäcka något. Hon vände sig på nytt mot flickan och frågade med låg röst:

– Var det något du såg, Sophia?

Ja, hon hade sett något, eller rättare sagt någon. Eller några. Men så kom hon ihåg vad Sverker sagt till henne, att det där med fisken var hemligt, och att det fanns flera andra som kände till det. Kanske också Johan och Anneli. Hade hon redan sagt för mycket till den här tant Elin? Hon bestämde sig snabbt för att inte berätta om de två personer hon råkat få syn på innan de hastigt dök ned bakom bänkarna längst bort.

– Äsch, det var bara en sån lustig liten kyrka jag såg. En leksakskyrka.

Nu upptäckte Elin Lund också den lilla modellen av Askims kyrka som stod uppställd invid den nedersta bänken.

– Ja den var ju lustig, sa hon utan att dra på smilbanden det minsta. Men den där fisken du pratade om kanske kan hjälpa oss hitta Johan och Anneli, eller vad tror du?

*

Fred och Alicia andades ut när kyrkporten slog igen.

– Klipsk unge den där Sophia, sa Fred. Jag kommer ihåg henne från den gången när Johan tog med henne och hennes bror till jobbet. Hon såg oss! Jag var nästan säker på att hon skulle avslöja oss. Men nu vet ju säkerhetspolisen vilket tecken vi har för att kommunicera med varandra i nätverket. Så nu måste vi byta ut öppningskoden. Som väl är har vi redan en ersättningskod.

Fred skrev in en lång rad med siffror och bokstäver i mobilen och tryckte på ok. Omedelbart kom en bild upp på displayen. Ett bröd. Han var noga med att inte Alicia skulle se den.

Tillsammans med bilden visade displayen ett lösenord med omväxlande gemena och versala bokstäver. Han tryckte på sänd.

– Nu vet de att de ska radera "fisken" och kryptera alla dokument och filer som är kopplade till den. Med hjälp av den här ersättningskoden kan all information dekrypteras på nytt. Jag undrar bara hur länge vi ska klara av att hålla all vår kommunikation dold. Vi vet att regimen har crackare som på heltid jobbar med att knäcka alla möjliga koder. Vårt nätverk består av flera tusen personer, så nog är vi sårbara när vi kontaktar varandra.

Han skulle just trycka ned handtaget på kyrkdörren men hejdades av Alicia. – Det är nog bäst att vi försöker hitta en annan väg ut. Det måste finnas nån annan dörr. Vi kan ju inte veta om den där kvinnan står och väntar ut oss. Hon kan ha fattat misstankar. Kanske inser hon att det var något annat än en liten modellkyrka som Sophia såg. – Du har rätt. Vi letar upp en annan utgång, sa Fred.

De hittade en sidodörr. Solen var på väg ned när de kom ut ur kyrkans dunkel. Freds mobil vibrerade ljudlöst. En bild på ett bröd blinkade mot honom på displayen. Någon i nätverket sökte honom! Han skrev in den långa koden som låste upp meddelandet.

Fred Johnsson! Om du kan, kom till Poseidonstatyn i morgon kl 08.30. Där står en ung man, Fredrik, klädd i svarta jeans och röd tröja. Han äter sin frukost – ostmacka och kaffe – på väg till plugget. Ha din gamla portfölj i handen. Fredrik kommer att be dig om en cigarett. Du svarar att du inte röker.
Johan Linder.

Johan! Han var i livet, alltså. Vilken lättnad! Men hur kunde han få kontakt med mig, tänkte Fred. Hade han verkligen tillgång till det här kontaktnätet? Uppenbarligen.

Han läste meddelandet igen, memorerade det och raderade det sedan. Han stoppade telefonen i fickan i samma ögonblick som han fick se Elin Lund och Sophia stå utanför kyrkans huvudingång. Alicia upptäckte dem också.

Plötsligt sa Alicia:

– Håll dig gömd här en stund. Jag har fått en idé. Om det händer nåt med mig så försvinn så snabbt du kan.

Hon gick lugnt fram till PoSK-chefen och Sophia.

– Hej, söker ni någon? Min svåger var kyrkvaktmästare här så jag kanske kan hjälpa er.

Elin Lund blev överrumplad. Men som det polisproffs hon var visade hon det inte. Hon tog fram polisbrickan ur sin bröstficka.

191

– Elin Lund, chef för Polisens Specialkommando. Och det här är min brorsdotter som är på besök från Stockholm.

Alicia log mot Sophia, som nästan omärkligt blinkade med ena ögat. Fred hade känt igen henne där inne i kyrkan – Johan Linders adoptivbarn.

– Ja, du kanske kan hjälpa oss, återtog PoSK-chefen, vi söker efter min bror och hans sambo. De kom aldrig tillbaka hem efter att de gick på bio i förrgår kväll. Biografen störtade samman i rasolyckan, men vi har inte kunnat hitta dem bland de omkomna. Jag vet att de kände vaktmästaren i den här kyrkan, så jag tänkte att han kanske kunde ge oss nån ledtråd i vårt sökande ... Är det alltså din man som är vaktmästarens bror?

– Ja. Torkel Björkman. Han dog i raset.

Det blev en besvärande tystnad under några sekunder. Så torkade Alicia bort en tår och fortsatte:

– Innan han dog på sjukhuset berättade han för mig att både han och brodern, kyrkvaktmästaren alltså, haft en hel del kontakt med föreståndaren för en stor bokhandel, jag tror han sa att han hette Linder. Fast det kan väl inte vara din bror, då förstås. Jag skulle bra gärna vilja träffa honom ...

– Då har vi ett gemensamt intresse, du och jag, svarade Elin Lund. Jag behöver också träffa den där Linder. Min bror kände ju som sagt vaktmästaren här i kyrkan, och då kände han säkert till vem Linder var också. Vi behöver dra i alla trådar för att hitta brorsan och hans kvinna. Så om du berättar vad du vet om din mans kontakt med Johan Linder så kanske vi kan hitta honom. Vi inom polisen har ju som du vet en del resurser att sätta in.

Alicia tänkte på det där bibelordet som Torkel sa var så viktigt. Det handlade om att antalet martyrer skulle bli fulltaligt innan slutet kunde komma. Det var alltså så de såg på sig själva, de som vägrade att gå i regimens ledband, som offrade sin frihet för att tillsammans, i den underjordiska kyrkan, kämpa för rätten att tro på den kristna Guden. De var beredda att dö för den rätten!

Kanske var det bibelordet också avsett att vara en igenkänningsfaktor, tänkte Alicia, något som de hade gemensamt, som förenade dem. Eller som en programförklaring, som pekade ut riktningen för deras kamp. I alla fall var det säkert väldigt viktigt för dem, något som de kunde identifiera sig med.

Så det tänkte hon inte avslöja för Elin Lund.

Just i det ögonblicket kände hon att något hade hänt med henne själv. Plötsligt visste hon att hon ville bli en av dem – martyrerna! Det som Torkel hade talat om på sin dödsbädd, och bibelordet han visat henne, var ord som såtts i hennes eget inre och som nu mognat till en övertygelse: Hon skulle själv bli en del av den värld som hennes man funnit. Även om det var en farlig värld förstod hon att bara där fanns sanningen. Bara där fanns det något som var värt att leva för i denna förljugna tillvaro. Och skulle hon dö, som Torkel, var det värt priset.

Med den övertygelsen inom sig bestämde hon sig för att satsa på ett kort. Hon la sin hand på Sophias axel, såg Elin Lund i ögonen och tog sats:

– Jag råkar veta, att den här lilla tjejen, som du kallar din brorsdotter från Stockholm, har en bror som heter Gustav och en adoptivfar som heter Johan. Så hon vill nog väldigt gärna veta var de befinner sig. Att du själv är intresserad av samma sak men av helt andra skäl kan jag nog gissa mig till.

Hon hukade sig ned framför Sophia och tog båda hennes händer i sina.

– Visst vill du träffa din bror och din pappa Johan? Hon nickade ivrigt. Då ska jag se till att du får det. Ta med dig tant Elin hit till kyrkan i morgon kväll klockan sju så ska jag ta er med till den plats där ni kan få träffa dem.

Hon reste sig igen, såg stint in i Elin Lunds ögon och sa:

– Men bara ni två. Ser jag att ni inte är ensamma blir det inget av det här. Jag fattar ju, att polisen kommer att ha full koll ändå på vart vi tar vägen. Som du sa, ni har ju resurser. Om de resurserna sen räcker för att arrestera Johan och Gustav återstår att se. Är det här en deal som du kan anta, Elin Lund?

Elin log. Hon hade förstås alla trumf på hand och hade inga problem med Alicias förslag. Bara en liten orostagg gnagde inom henne när hon tog med sig Sophia och gick därifrån: Hur vågade denna kvinna föreslå ett sådant möte? Var hon bara väldigt naiv? Eller hade hon något i bakfickan?

Alicia sökte rätt på Fred och berättade vad som hänt. Han bara skakade på huvudet.

– Nu måste du verkligen förklara för mig hur du tänkt att det här skulle gå till? Och hur stor är sannolikheten att vi klarar den fighten med polisen?

– Frågan är nog snarare hur sannolikt det är att polisen ska klara fighten med oss, svarade Alicia och förklarade sin plan i detalj. När de skiljdes åt några minuter senare var de överens: det var värt ett försök. Det fanns ingen plan B.

45

Allteftersom dagarna blev kortare och sommaren var på väg att ge upp och låta hösten ta vid blev det också allt tydligare hur det nya samhälle som växte fram skulle forma människors vardag. De män och kvinnor som nu hade makten förfogade över ett mäktigt vapen för att hävda sina maktambitioner. Fruktan. Som styrmedel var det oöverträffat i sin effektivitet.

Ständigt nya lagar skrevs just i syfte att binda medborgarna i fruktan. Ett näst intill heltäckande kontrollsystem och en rigorös övervakning impregnerade hela samhället med fruktan. De tekniska landvinningarna, med artificiell intelligens som huvudnummer, ställdes också under maktapparatens kontroll.

Resultatet blev en polisstat till tänderna rustad med alla de resurser som monopolet på lagstiftning, forskning, utbildning och vapenproduktion gav den.

Den styrande eliten hade med andra ord full kontroll. Och kontrollen upprätthölls med fruktan som bränsle.

När fruktan tog över människors liv flyttade misstänksamheten in och gjorde sig hemmastadd i den mänskliga gemenskapen. Det blev kallt och ogästvänligt.

Samtidigt som makteliten producerade fruktan till världen drevs de själva, ironiskt nog, av fruktan i sin maktutövning. Den blev deras egen förbannelse. Bland dem var misstänksamheten driven till sin spets. Där fanns inte rum för barmhärtighet eller medmänsklig omtanke. Eftersom var och en av dem drevs av begär efter mer makt, samtidigt som varje underprestation var oförlåtlig och innebar ett hot mot livet, så gavs inget utrymme att njuta av makten. Rädslan för vad den närmaste medarbetaren i maktens hierarki kunde hitta på var ständigt och plågsamt närvarande.

Fanns det i denna nya värld över huvud taget något motmedel mot denna massiva fruktan? Fanns det någon kraft som kunde mäta sig med den och lätta på förlamningen?

För den stora massan av vanliga medborgare var uppgivenhet och motståndslöshet den enklaste vägen att slippa bli uppäten av fruktan. Att acceptera utan att ifrågasätta, att låta restriktioner och begränsningar och ofrihet prägla tillvaron blev det enda alternativet i valet mellan liv och död. Det kändes fel, men man ville ju leva!

Några vägrade att ge efter och höll sin fruktan i schack genom att med beundransvärt mod hävda sin integritet. Men priset blev högt.

I den underjordiska kyrkan fann man motmedlet i det enda dokument som presenterade sanningen om livet och verkligheten för dem: Bibeln. Där stötte de gång på gång på de båda orden "frukta inte". Det tycktes finnas ett frukta inte för varje dag!

Till att börja med var frågorna många och tvivlet uppenbart. Hur då frukta inte? Hur skulle de bära sig åt, konkret, för att ersätta den rädsla som ständigt omgav dem och angrep dem och försökte klistra sig på dem? Om Bibeln om och om igen uppmanade till att välja att inte ge efter för fruktan, då måste den väl också visa dem på alternativet!

De sökte tillsammans efter svaret och fann det så småningom. De fann det när de läste om den mörka natt som Bibeln hela tiden tycktes rikta in sitt fokus på: den natt när Jesus tog det där sista avgörande steget mot det som skulle bli hans död. Han hade möjligheten att välja en annan riktning. Han hade, mänskligt sett, alla skäl att ta ett steg åt sidan. Men han vägrade. Han hade ett uppdrag från Gud – att offra sitt liv, att medvetet och av fri vilja låta sig dödas på det grymmast tänkbara sätt. Bara för att Gud älskade denna förvända värld och ville ge varje människa en möjlighet att bli räddad.

Det här var vad hela Bibelns berättelse gick ut på. Det var Bibelns ärende till mänskligheten. De såg det så tydligt.

Och där, i berättelsen om våndans och intrigernas natt i Jerusalem år 33, fann de orden som gav dem svaret. De fann det i samtalet mellan Jesus och hans vänner, bara några timmar före avgörande. Då, när man kunde förvänta sig att Jesus borde tänka på sig själv och det han visste skulle ske, i den stunden tänkte han på sina vänner. Han såg den fruktan som övermannat dem. Och han sa:

Låt inte era hjärtan oroas! Tro på Gud och tro på mig!

Frukta inte. Tro. Lita på. Förtrösta. Sätt all er tillit till Gud och hans son.

Det var det beslutet de själva nu måste ta. Det var vad allt handlade om. Utanför kyrkan i Askim hade Alicia fattat samma beslut. Mitt under det märkliga samtalet med chefen för Polisens säkerhetskommando, Elin Lund, hade hon skrivit under kontraktet med himmelens Gud. Den tro som kostade hennes man livet skulle från och med nu också vara hennes tro.

*

Poseidon stod där han alltid stått, oberörd av alla skiftningar i människornas värld. Han hade stått där i snart ett hundra år, mitt på Götaplatsen i Göteborg. Han hade inte imponerats av de tusen demonstranterna som söndagen före jul året innan förenades i sin fiendskap mot allt vad kyrkor och kristendom hette. Inte heller av de femtiotusen som trängts vid hans fötter i samma ärende tidigare denna sommar. Han hade bara imponerats av sin egen upphöjda glans. Orubblig, oberörbar.

Lutad mot statyns sockel stod en ung man i röd tröja med en ostmacka i handen. Precis klockan halv nio gick Fred Johnsson förbi honom men hejdade sig efter ett par meter, ställde sin gamla slitna portfölj på kanten av sockeln och tog fram något dokument som han tydligen behövde granska innan han fortsatte. Den unge mannen tog sin sista tugga av smörgåsen, tittade åt Freds håll och släntrade bort till honom.

197

– Ursäkta, har du möjligen en cigarett?

– Nej, tyvärr, jag röker inte.

Fred log och Fredrik besvarade leendet.

– Vi ses om fem minuter i Lorensbergsparken, sa Fredrik och gick därifrån.

Parken bakom den tjusiga teatern var en perfekt plats för ett samtal på tu man hand. Den låg avskild och träden gav skön svalka när den ovanligt heta sensommarsolen pressade musten ur alla. Här kunde de prata ostört.

– Jag har en hälsning till dig från Johan, började Fredrik. Han kan inte komma till bokhandeln och ber dig ta över ansvaret för butiken. Han och Anneli vill också gärna veta hur Sophia har det, och han tänkte att du kanske vet nånting om det?

– Jag ska strax svara på det, men först måste jag ställa en fråga till dig: Hur kunde Johan ta kontakt med mig? Är inte hans och Annelis telefoner övervakade till max?

– Jo, självklart. Just därför har de gjort sig av med dem. Om polisen trots allt lyckas spåra deras telefoner har de ingenting för det – de befinner sig på en helt annan plats. Det var jag som skickade hans meddelande till dig, och mig har polisen ingen vittring på. Du kan faktiskt ringa till mig om du vill ha tag på Johan, så förmedlar jag meddelandet till honom. Här får du ett telefonnummer som är speciellt för just detta syfte. Lär dig det utantill nu, så förstör vi lappen sedan.

Sen var det Freds tur att inviga Fredrik i den plan som Alicia skickat med honom.

– Det här är ett riskabelt företag, men om Johan och Gustav är tillräckligt desperata i sin längtan att få se Sophia igen, så går de med på det. Säg till dem att de försöker göra sig så oigenkännliga som möjligt och ta sig hit till den här parken i kväll klockan 18.00. Jag kommer att stå här vid ingången till parken med min bil, som ju Johan känner igen. Alicia, Torkels fru du vet, är med i bilen, och vi åker sen till Askims kyrka. Resten får de veta på vägen dit. Har du fått kläm på alltihop?

198

Fredrik nickade, han hade förstått. Fred hade en sak till att säga:
– Alicia och jag kommer alltså att vara här klockan 18. Om Johan och Gustav är här då så är det bra. Om inte, så förstår vi om de inte anser det värt risken. Nu är det bäst att du och jag går härifrån.

46

Den vita käppen och de mörka glasögonen tydde på att den gamle mannen var blind. Han leddes av en yngre kvinna, kanske var det hans dotter. Strax innan de nått fram till ingången till parken sa kvinnan lågmält:

– Jag ser en bil tjugo meter längre fram på den här sidan. Den stämmer med din beskrivning, pappa. Registreringsnumret är också rätt.

– Okej, då går vi fram dit.

Fred och Alicia släppte in dem i bilen. De rullade långsamt iväg.

*

Trots spänningen var det en glad stämning i bilen. Både Fred och Alicia visade tydligt sin glädje att få se Johan igen, och de skojade med Gustav som spelat sin flickroll så bra. Sedan förklarade de hela situationen och hur planen såg ut.

– Vi åker först till bokhandeln där Fred hoppar av och vi tar min bil i stället. Så undviker vi att dra in Fred det här. Sedan kör vi till Askims kyrka där Sophia och säkerhetspolisens chef Elin Lund väntar. De vet inte att ni är med i bilen, de tror att ni ska träffas på en annan plats. På det sättet får vi ett litet försprång innan några poliser hinner ingripa.

När Gustav hörde namnet Elin Lund blev han illamående av rädsla. Han hade hennes förhörsmetoder i färskt minne, och värken i händerna var fortfarande jobbig, trots att Anneli hade lagt stödförband runt dem och han fått smärtstillande medel.

– Nej, inte hon! kved han. Jag vill inte träffa henne!

– Du behöver inte vara rädd, sa Johan. Hon kommer inte att göra dig illa igen, det ska jag se till.

Strax före sju parkerade de på kyrkans baksida. De förstod att de var iakttagna, både av kameraögon och säkerligen också av vanliga polisögon på behörigt avstånd. Alicia klev ur bilen och gick till framsidan medan Johan och Gustav (utan förklädnader men väl dolda) väntade i bilen.

Det blev en lång och nervös väntan. Först en kvart senare kom Alicia tillbaka. Ensam.

– Det är i sin ordning, sa hon när hon öppnade bildörren. Elin Lund hade ett nytt villkor för att möta er, och det var att mötet skulle ske här. Inne i kyrkan. Efter en stunds diskussion gick jag med på att åka och hämta er. Hon hade förstås räknat ut att polisen skulle följa min bil och sen övermanna er när ni stiger in i bilen. Och om ni skulle vägra att följa med, då hade ju polisen ändå identifierat ert gömställe.

– Men ... började Johan.

– Vi kommer inte att åka någonstans, fortsatte Alicia. Vi ska gå in i kyrkan genom sidoingången här, och då kommer ni att få ert livs överraskning. Precis som Elin och Sophia nu när de går in dit för att vänta på er. Lita på mig bara, så går vi!

Först märkte Johan och Gustav ingenting när de kom in i kyrkan. Vaddå överraskning? Men när de gick utefter ena väggen ner mot vestibulen kunde de i det svaga ljuset från fönstren urskilja tysta, skugglika figurer i den ena bänken efter den andra. Gustav hajade till men lyckades kväva skriket som ville fram.

I nästa ögonblick upptäckte han Sophia som stod tillsammans med Elin Lund borta vid ingången till kyrkan. Han släppte Johans hand och började springa mot sin syster men hejdade sig efter några bänkrader. Minnena från förhörsrummet hindrade honom att komma för nära. Johan följde efter Alicia, som med snabba steg gick fram till de två vid kyrkans entré. Just då tändes takbelysningen. Samtidigt reste sig de skugglika figurerna i bänkarna upp. Alla var medlemmar i den hemliga underjordiska kyrkan, och alla var ditkallade av Fred Johnsson.

Alicia var lättad. Planen hade fungerat hittills! Hon gick snabbt fram till Elin Lund som stod där helt överrumplad. Elins grepp om Sophias hand hårdnade. Med andra handen trevade hon efter sitt tjänstevapen. Alicia la sin hand på hennes arm.

– Vänta lite med den där. Du kommer inte att bli attackerad. Min man Torkel skulle inte ha velat att vi tog till våld. Och inte hans bror Sverker heller – kyrkvaktmästaren skulle aldrig godkänna några våldsamheter här i hans kyrka, eller vad tror du?

Elin Lund kände sig märkbart obekväm med situationen. Det var inte så här hon tänkt sig mötet med Johan och Gustav. Men hon skulle nog överlista dem. Så länge som hon hade sitt vapen och flickan hade hon övertaget.

Gustav tvekade. Skulle han våga gå fram till sin syster?

Johan stod kvar i bakgrunden och försökte ta in hela scenen framför honom. Till sist tog han resolut Gustav i handen och gick mot Sophia. Det blev som en signal till alla de bortåt hundra motståndsmännen och kvinnorna som fanns i kyrkan. Som en man lämnade de sina platser och närmade sig lugnt gruppen längst bak i kyrkan och ställde sig sedan i dubbla led i en halvcirkel bakom Johan och Gustav. Ett tjugotal av dem ställde sig mellan PoSK-chefen och kyrkdörren. De aktade sig för att komma för nära och provocera henne.

– Du ser, Elin, vi står tillsammans, sa Alicia. Hela kyrkan mot dig. Och det enda vi begär är att du ger flickan tillbaka till sin familj. Jag förstår att du tänker vägra, och du har ju ditt vapen. Ingen av oss tänker ta risken att du använder dig av det.

– Jag har ett förslag, fortsatte hon och såg Elin stadigt i ögonen. Låt mig föreslå en kompromiss: Jag är beredd att ta Sophias plats som din gisslan. Det behöver faktiskt inte bli en sämre deal för dig. Jag var ju ändå gift med en av ledarna för den rörelse som du så gärna vill oskadliggöra.

Det blev dödstyst i hela kyrkan. Alicia spelade ett högt spel, det förstod alla, och alla kände beundran för det mod hon visade och rördes av hennes offervilja. Samtidigt misstänkte Johan att Elin Lund ändå ansåg att Sophia som gisslan var ett mer effektivt medel för henne att nå sina syften.

Kanske var det den massiva närvaron av män och kvinnor i motståndsrörelsen som till slut fällde avgörandet. Elin var ensam mot en stor sammansvuren grupp. Även om hon var hårt trimmad i maktens råhet och cynism kände hon sig i moraliskt underläge. Hon släppte taget om Sophia och riktade sin revolver mot Alicia.

*

Händelserna i Askims kyrka den dagen blev början till slutet för Elin Lunds karriär inom polisen. Det som slutligen satte punkt för hennes jobb som chef för Polisens Specialkommando inträffade några veckor senare i ett av Polishusets förhörsrum.

Frustrerad, och i ren desperation efter det att Alicia Björkman ännu en gång hårdnackat vägrat att samarbeta, satte hon fingret mot avtryckaren på sitt tjänstevapen, som hon höll riktat mot Alicias huvud. Så tryckte hon av.

Där slutade Alicia Björkmans liv.

Där slutade också Elin Lunds karriär inom polisen.

47

Fem veckor hade gått sedan flera av de kvarter som utgjorde stadsdelen "Inom vallgraven" i Göteborg kollapsade. Myndigheterna gjorde allt för att två sina händer och lägga allt ansvar hos den tidigare kommunledningen, vars inkompetens och felbeslut, menade man, hade orsakat katastrofen.

Men – det måste också sägas – man gjorde också allt för att åtgärda skadorna och återställa det som raserats. Det var en imponerande ingenjörskonst som visades upp. De jämförelsevis mindre skadorna, både i Göteborg och på andra platser, var efter dessa fem veckor i princip åtgärdade.

Parallellt med reparationsarbetena gjorde man stora ansträngningar för att göra något åt obalansen i naturen orsakad av klimatförändringarna. Frågan var inte *om* utan *när* nästa förödande angrepp från en misshandlad planet skulle ske.

Men obalansen fanns inte bara i naturens värld. Flera års handelskrig mellan stormakterna, en omfattande korruption i många länder och kollapsen bland en lång rad storföretag inom den tunga industrin hade urholkat världsekonomin, som nu stod på randen till sammanbrott.

Det politiska ledarskapet i allt fler länder var väg att förlora greppet och ge efter för extrema nationalsocialistiska krafter.

Den tekniska utvecklingen hotade att glida forskarna ur händerna och tas över av artificiell intelligens. Några forskare slog larm om att smarta robotar inom en snar framtid skulle bli alltför smarta. I stället för att tjäna mänskligheten skulle de snart kunna bli mänsklighetens herrar. Dessa forskare fick betala ett högt pris för sina varningar. Det kostade dem jobbet.

I denna värld av instabilitet på det ena området efter det andra blev förutsättningarna för ett drägligt socialt liv allt mindre, inte minst i Sverige. Otryggheten ökade, ensamheten blev ett gissel för allt fler och antalet självmord steg drastiskt.

Den svenska regeringen hade bara ett svar: att på allt sätt befästa sin makt. Och då handlade det inte bara om att tvinga varje medborgare till lydnad genom hård och obeveklig bestraffning av varje brott mot de styrandes regelsystem. Makten skulle också utövas på ett mer raffinerat sätt: genom en likriktning av hela samhällets värderingar, tänkesätt, normer och vilja.

Det var regimens program. Omskolning och ideologisk fostran var dess metod.

Detta arbete pågick med växande intensitet och med växande framgång. De styrandes framgångar var inte minst tydliga i den kyrkliga världen: inflytandet från genuint kristna värderingar och uttryckssätt förlorade mark i snabb takt. De statligt kontrollerade prästerna lät sig villigt ledas i statens band. De kyrkligt sinnade medborgarna tappade snart all förankring i de gamla bibliska skrifterna. Kyrkan blev en koloss på lerfötter.

Men den underjordiska kyrkan fick regimen aldrig något grepp om. Trots att myndigheterna hade stor hjälp av sitt alltmer effektiva kontrollsystem, där angiveriet var en viktig del, så lyckades de inte hålla jämn takt med tillväxten i motståndsrörelsen. Grannar angav grannar. Kyrkligt sinnade medborgare angav nya troende i den hemliga, underjordiska kyrkan – och belönades av staten.

Men regimens åtgärder hade hittills inte räckt till för att stävja upproret. Därför tillsattes nu en särskild arbetsgrupp i syfte att en gång för alla "operera bort denna främmande företeelse i samhällskroppen". Genom effektiva operativa insatser av Polisens Specialkommando (där Peter Levander nu tagit över ledningen efter Elin Lund) räknade man med att snabbt komma tillrätta med detta problem.

Men man räknade fel. I stället fick man gång på gång bevis på att motståndet växte. Trots de ofta brutala åtgärder regimen tog till vann den underjordiska rörelsen hela tiden allt fler sympatisörer.

48

En ovanligt mild, blåsig och regnig höst tog över efter den heta sommaren. Rapporter om extrema väderhändelser runt om på klotet duggade tätt. Europa översvämmades av nya flyktingvågor, men nu bestod flyktingströmmarna inte bara av människor på flykt undan krig och terror, utan också av stora mängder klimatflyktingar. Detta och alla andra av de ohanterliga problem som pressade regeringarna i alltfler länder skylldes – som vanligt – på den judiska staten Israel. Det sedan länge explosiva läget i Mellanöstern blev nu ännu mer akut, och världen höll andan.

Det var nu som Rysslands dolda agenda under årtionden av politiska dribblingar i detta område avslöjades. Nu var den ryske presidenten redo att träda fram på världsscenen som ensam aktör i spelet om Mellanöstern. Och just spelet om Mellanöstern skulle snart visa sig bli nyckeln till dominans i hela världen. Det skulle leda ända fram till världsherravälde.

Genom en satanisk kombination av å ena sidan förvirring, osäkerhet och fruktan, som spred sig likt en präriebrand bland världens folk, och å andra sidan korruption, intriger och maktspel av sandlådetyp bland världens regeringar, krattades nu manegen för den ryske ledaren. Han intog snabbt scenen som den ende tänkbare problemlösaren när världen stod handfallen inför alla hotande moln som seglade upp på himlen. Han framstod för en hel värld som en Messiasgestalt, väntad och hyllad av miljarder.

Och nu inleddes det strategiska planerandet för ett avgörande slag mot Israel – det enda hindret som stod i vägen för en enad mänsklighet under en världsregering, där ingen Gud skulle kunna blanda sig i leken.

*

Men Israel var inte det enda hindret. Det fanns ett annat också: Den underjordiska kyrkan.

Johan Linder, Anneli Thored och Fred Johnsson fann sig omgivna av människor som, precis som de själva, besjälades av en hunger efter sanningen i en värld av falskhet. De anade att sanningen doldes i det oförklarliga som hände den där vårvinterdagen, när det overkliga ljuset överföll världen. Och deras aning växte allteftersom Bibelns berättelser öppnade deras ögon.

Fred hade hjälpt Johan och Anneli att få kontakt med en av de bibelstudiegrupper som samlades på olika adresser runt om i Göteborg, och som ofta flyttade till andra adresser när de misstänkte att polisen var dem på spåren.

Den grupp som Johan och Anneli hade kontakt med hjälpte dem med nytt boende. Anneli fick ett litet krypin högst upp i ett hyreshus i Gårda, och Johan, Gustav och Sophia kunde flytta in i en tvårummare längre ned i samma trappuppgång.

Möjligheten för Johan och Anneli att gå tillbaka till sina jobb var stängd. Lika otänkbart var det med skolgång för Gustav och förskola för Sophia. Deras vardag hade bytt skepnad. Totalt.

Livet blev svårt, vardagen blev en enda lång kamp för överlevnad. Ändå växte hela tiden deras övertygelse: vägen de nu gick var den enda tänkbara. Det nätverk som de nu var en del av var deras enda garanti för försörjning och säkerhet. Varje dag var en dag fylld av improvisationer, och framtiden var oviss. Men de hade varandra, och de hade alla sina nyfunna vänner.

Både Anneli och Johan kände dock att deras egen relation inte var oproblematisk. Det var otillfredsställande att vara så beroende av varandra, ha en sådan närhet i vardagen och ändå tvingas leva med en onaturlig distans till varandra. Det saknades en viktig pusselbit i deras relation. Också barnen, Gustav och Sophia, påverkades av situationen.

Anneli vågade till slut föra det på tal. De satt en sen kväll mitt emot varandra i Johans kök när hon klädde sina tankar i ord:

– Jag tror ... att barnen behöver en mor.

Stearinljuset mitt på bordet fladdrade till. Tio evighetslånga sekunder gick medan Johan långsamt blev medveten om vad Anneli egentligen sagt. Att det betydde något mer än att dela ansvaret och omsorgen om de båda syskonen med Johan. Det gjorde hon ju redan – på ett underbart sätt. Men det låg något mer i hennes ord.

Barnen behövde en far och en mor som delade livet med varandra på alla plan. Som föräldrar. Och som makar.

Barnen behövde en mors kärlek och omtanke. Och hon själv behövde kärleken från en man. Johans kärlek.

Johan sträckte fram en hand mot Anneli, och hon tog den sin.

– Jag ska bekänna en sak, sa Johan och såg henne i ögonen. Ända sedan den dag vi sågs första gången ... minns du att vi satt mitt emot varandra, precis som nu, vid mitt köksbord hemma i Askim, och pratade om min önskan att adoptera Gustav och Sophia? Ända sedan den dagen har det brunnit en liten men stark låga i mitt hjärta – som det här ljuset framför oss. Och den lågan är mina känslor för dig.

Han tog båda sina händer om hennes hand och smekte den. Men så sänkte han blicken mot bordsskivan.

– Jag har försökt dölja den där lågan inom mig, helst hade jag velat blåsa ut den om det varit möjligt. Jag har inte trott att du ... kände på samma sätt. Och så har jag aldrig lyckats släppa tanken på Agneta. Men, Anneli, om det bara var möjligt skulle jag inte tveka att gifta mig med dig...

– Å, Johan! Jag tror att det är möjligt! Jag tänkte att vi kunde tala med Fred – kanske skulle han kunna bekräfta våra löften om kärlek och trohet till varandra, och så skulle några av våra vänner vara med som vittnen ... Vi kunde be med dem om Guds välsignelse. Tror du inte det skulle vara gott nog?

Det märktes att hon tänkt igenom den här möjligheten. Nu satt hon tyst och väntade på hans svar. Johan såg på nytt in i hennes ögon och såg hur det brann där av kärlek och tro. Stearinljuset fladdrade till på nytt framför dem.

– Jo, min käraste, jag tror att det är gott nog. Låt oss göra det!

*

Tillsammans med sina nya vänner i den underjordiska kyrkan gick Johan och Anneli på upptäcktsfärder i Bibeln. Med förundran insåg de, att de händelser som denna märkliga bok förutsagt redan för årtusenden sedan var exakt vad som nu utspelades runt omkring dem. Det var nästan skrattretande hur tydligt Bibeln beskrev deras egen tid. Och när de förstod vad dessa svåra händelser skulle utmynna ut i kunde de bara fyllas av ett jublande hopp.

Bibeln kallade det födslovåndor. Och det som skulle födas fram var en helt ny värld! En frisk värld. En god värld.

De hade katastrofen i plågsamt färskt minne, då de underjordiska bergrummen och tunnlarna kollapsade och en halv stadsdel rasade samman. Nu såg de att samma sak var på väg att hända globalt. Och detta hade Guds bok berättat om för så länge sedan! Två tusen år gamla ord målade de händelser som nu spelades upp runt omkring dem och i hela världen. Och framför allt avslöjade de vad som skulle ske när den globala härdsmältan tycktes oundviklig: Då skulle Jesus komma för att låta sitt rike ta över – sanningens, rättens och kärlekens rike. Och han skulle hälsa en hel mänsklighet med orden: "Se, jag gör allting nytt!"

När Johan lät sanningen sjunka in i sitt hjärta visste han vad den där märkliga dagen på vårkanten handlade om. Han visste att han skulle få återförenas med Agneta och Jenny.

De pratade länge med varandra om allt det här, Johan, Anneli, Gustav och Sophia. Och det samtalet mynnade ut i att alla fyra tog varandras händer och sa: Vi tror på det som Bibeln säger till oss.

210

49

Israel, ett litet land med kort historia som suverän stat, inklämt mot Medelhavskusten och omringad av mäktiga fiendeländer, var naturligtvis en munsbit som snabbt skulle slukas av alla anstormande arméer.

Men fienderna hade inte lärt av historien: att den unga staten hade en gudomlig allierad, som vid varje tidigare tillfälle hade skapat förvirring bland de anfallande fienderna. De krig som skulle ha kastat Israel i havet hade inte fått det väntade resultatet. Tvärtom. Världen hade förvånat bevittnat Davids seger över Goliat, gång på gång. Och arabländerna hade genomsköljts av chockvågor. Varje gång.

Men den här gången var det annorlunda. De angripande arméerna var *så* många, *så* övermäktiga och *så* enade att inte ens ett ingripande från den gud som judafolket dyrkade skulle kunna rädda dem.

Som en gigantisk tsunami, som krossade allt i dess väg, ryckte de förenade fiendemakterna fram norrifrån. Den stora Jisreelslätten vid Karmelbergets fot i norra Israel, där så många slag utkämpats under historien, blev också nu den plats där man drabbade samman med landets försvarare. Angriparna, förkrossande överlägsna i antal och vapenmakt, beredde sig på att göra processen kort.

I en kniptångsmanöver hade en del av de fientliga arméerna samtidigt tagit sig ända fram till Jerusalem och var redan på väg att inta staden, plundra den och våldta dess kvinnor.

Alltsammans bevakades av satelliter på hög höjd och av avancerade tevekameror på marken, som försåg en hel värld med bilder och

211

ljud från dramat. Och världen bara väntade på den slutliga förintelsen av det judiska folket.

Ingen var beredd på det som nu hände.

*

I en liten lägenhet någonstans i Göteborgs innerstad satt Anneli och Johan, Gustav och Sophia och såg tevebilderna spela upp dramat i Mellanöstern. Tillsammans med dem var också Fred Johnsson och tre andra i den underjordiska kyrkan. Bara en liten stund tidigare hade de gått igenom den improviserade vigselakt som var planerad att hållas kommande helg. Det skulle bli en enkel ceremoni och en lika enkel bröllopsfest efteråt. Johan och Anneli skulle, inför Gud och människor, förenas som äkta makar. Gustav och Sophia skulle få nya föräldrar.

Men just nu var det alltså något helt annat som stod i centrum för deras uppmärksamhet.

Det som tevebilderna just i detta ödesmättade ögonblick förmedlade var lika överraskande för dem som för alla andra.

De såg det hända. I direktsändning. Inför deras brinnande ögon.

En hel värld såg honom.

Samtidigt.

De såg ... en väldig gestalt, omgiven av eld, skinande av ett bländande, rent ljus, utstrålande en makt och auktoritet som ingen varelse på jorden kunde vika undan för. Plötsligt, oväntat, fullständigt överraskande stod han bara där, högst upp på Olivbergets krön utanför Jerusalem. Hans uppenbarelse var skrämmande och tilldragande på samma gång. Berget som han ställt sina fötter på rämnade mitt itu, och jordbävningen formade en dal som förband Döda havet i öster med Medelhavet i väster.

Alla visste vem han var. Han hade alltså kommit, precis som han sagt att han skulle.

Och några visste att hela denna eländiga värld nu skulle bli återställd. För det var så det stod skrivet.

Epilog

*Jag skall ställa mig på vakt, gå till min post
och spana. Jag vill se vad han skall säga
till mig, vilket svar jag får på min klagan.*

*Herren svarade mig:
Skriv ner det du får se med tydlig skrift
på tavlor, så att det blir lätt att läsa,
Ty synen vittnar om den bestämda tiden,
den talar om slutet, den slår inte fel.
Om uppfyllelsen dröjer, så vänta tåligt,
den kommer förvisso, den uteblir inte.
Se, den falske far bort med vinden,
men troheten räddar den rättfärdiges liv.*

*Kunskap om Herrens härlighet skall uppfylla
hela jorden, liksom havet är fyllt av vatten.*

Habackuk 2:1-4, 14